大江戸科学捜査　八丁堀のおゆう
司法解剖には解体新書を

山本巧次

宝島社
文庫

宝島社

目次

亀屋
浅草寺
浅草
西仲町
大川
おゆうの家
蔵前
朝倉屋
菊松
浅草
福井町
柳原
岩井町
両国橋
回向院
馬喰町
日本橋
海賊橋
音羽町
玄海屋
南茅場町
福島町
八丁堀
浜町
深川
平戸屋
永代橋
白魚橋
芝蘭堂
築地

大江戸科学捜査
八丁堀のおゆう
司法解剖には解体新書を
地図
本郷
本郷元町
御城
南町奉行所
数寄屋橋御門

登場人物

おゆう（関口優佳）… 元OL。江戸と現代で二重生活を送る
鵜飼伝三郎… 南町奉行所定廻り同心
源七… 岡っ引き
お栄… 源七の妻
千太… 源七の下っ引き
藤吉… 同じく下っ引き
境田左門… 南町奉行所定廻り同心。伝三郎の同僚
戸山兼良… 南町奉行所内与力

河村右馬介… 前長崎奉行・間宮筑前守の元配下。故人
平戸屋市左衛門… 唐物商。故人
平戸屋市助… 市左衛門の息子
玄海屋作右衛門… 廻船問屋
玄海屋太一郎… 作右衛門の息子
五郎兵衛… 料理屋「菊松」の主人
欣五郎… 料亭「亀屋」の主人
朝倉屋元蔵… 札差
蜻蛉御前… 巫女姿の謎の女性
里井瑛伯… 蘭方医
池田徳庵… 漢方医
道淳… 漢方医
市来繁十郎… 薩摩藩士
大槻玄沢… 蘭学者。杉田玄白の弟子。太一郎の師匠

宇田川聡史… 株式会社「マルチラボラトリー・サービス」経営者
通称「千住の先生」

大江戸科学捜査　八丁堀のおゆう　司法解剖には解体新書を

第一章　長崎の黒い影

一

ええっと、どうすんだっけ。ああ、ここにＩＤを入れるのか。関口優佳は眉間に皺を寄せながら、手元のメモに書かれた数字をキーボードに打ち込んだ。これで〝ミーティングに参加〟をクリックして……パスワードは……よし、これでＯＫ。

画面に自分の顔が大写しになった。思わずメイクの出来具合を確かめる。うん、問題なし。あれ、自分以外の画像はどうやって……あ、そうか。ここだ。

優佳は何度も首を捻ってから、左隅のアイコンをクリックした。画面が二つに割れ、一方に相手の顔が出る。丸顔に度の強そうな眼鏡、あまり手入れしていない髪。服装はやはりと言うか、いつも家で着っぱなしと思われる色褪せたスウェットだ。

「何だ、時間かかったな」

画面の向こうで、宇田川聡史が無遠慮に言った。

「そう言わないでよ。こっちは初めてなんだから」

優佳は唇を尖らせた。このＷＥＢ会議サービスのアプリは、宇田川に促されて使うことにしたものだ。現在のところ無職の優佳にはピンと来ないが、世の勤め人の方々はコロナ禍の現在、こういう代物を活用してリモートワークに勤しんでいるという。

中高年のＩＴ音痴のオジサマ方には、いろんな意味で厳しい時代だろう。

「で、何か話はあるのか」

初めてのＷＥＢミーティングだというのに、相変わらず何の愛想もない。

「いや、特に新しい話はないけど」

今日は取り敢えずこのアプリを試してみるだけ、というつもりで、宇田川に提供するネタはこれと言ってなかった。

「そうか」

宇田川は別に落胆した様子もなく、あっさり言った。

「この前の誘拐騒ぎが解決してから、大きな事件はまだ起きてないよ」

「だろうな。そうしょっちゅう大事件が起きてたら、明治維新が早まっちまう。しばらくは江戸へＧｏＴｏ気分か」

珍しく宇田川は軽口を叩いた。ＧｏＴｏキャンペーンは政府のコロナ禍経済対策で、国内旅行と飲食に補助を出すという話だが、実施はまだ先だ。言うまでもなく、江戸へ行くのは対象に含まれない。

「何がＧｏＴｏよ。江戸じゃ、真面目に仕事してるんですからね」

優佳は無意識に目線を下に落とした。今いるのは自宅二階の自分の部屋だが、祖母から受け継いだこの古い家の一階の納戸には、二百年の時空を超えて江戸と繋がる入口がある。祖母の残した記録からそのことを知り、実際に江戸へ足を踏み出したときの戸惑いと興奮は、たぶん一生、忘れられない。

それから月日が経ち、今や優佳は江戸の岡っ引き、おゆう姐さんとして数々の事件に関わり、一目置かれる存在になっている。その礼金やら何やらで、東京では貧乏ニートの自分が江戸ではすっかり小金持ちになっていた。もうどっちが本当の自分か、半ばわからなくなりかけている。

「こいつを江戸に持ち込めたら、世話はないんだが」

宇田川が画面を指で弾いた。優佳の高校の同窓生である宇田川は、先輩に誘われて分析ラボのベンチャー企業を立ち上げ、共同経営者に収まっている。経営の才はたぶんゼロに近いだろうが、物を分析する能力と熱意に関しては、他者の追随を許さない。分析さえできれば満足という変わり者なので、江戸で事件捜査をするようになった優佳は、証拠物件を宇田川のラボに持ち込んで分析してもらうという、あり得ないサービスを受けていた。

だがそのうち宇田川に、分析対象物を江戸時代から持ち込んでいることに気付かれてしまい、今では宇田川までもが、優佳のタイムトンネルを使って江戸と行き来するようになっている。あまり顔には出さないが、現代では触れることさえできない物を好きに分析できることが、楽しくてしょうがないらしい。

「そりゃまあ、これでリアルタイムで現場映像を確認しながら捜査できたら、こんな楽な話はないけどね」

証拠物件を江戸から持ち込むと言っても、襖や畳のような大きなものは無理だ。事件現場全体を確認するには、実際に出向くしかない。江戸で撮影した現場の画像を持ち帰ることはできるが、やはり隔靴掻痒の感はある。

「ま、無線もＬＡＮケーブルも使えないんだから、しょうがないな」

宇田川は当たり前の話を残念そうに言うと、「じゃあ、何か起きたらまた連絡しろ」と告げた。まるで江戸での難事件発生を期待しているような言い方だ。

「はいはい、わかった。じゃあね」

優佳が返事したところで、宇田川が画面から消えた。ミーティングの時間は、せいぜい三分ほどだった。

やれやれ、と優佳は溜息をつく。カップラーメン作ってるんじゃないんだから、三分で終わらなくてもいいでしょう。もうちょっと話すこと、ないのかい。

いや、今に始まったこっちゃない、と優佳はノートパソコンを閉じながら肩を竦める。そうそう、別に自分だって、宇田川と他愛もない雑談がしたいと思ってるわけじゃないからね、うん。

「けど……このアプリでのミーティングの相手って、結局あいつしかいないんだよなあ」

優佳は頭を掻き、閉じたパソコンに向かって独りで呟いた。

コロナの感染者数は劇的に減ったが、街中を出歩く人の数は、やはり以前より少ないと思えた。リモートに慣れたサラリーマンは、満員電車に毎朝揺られる苦行に戻りたくはないだろうし、コロナ第二波は必ずやってくると誰もが考えている。もしかしたら今は、以前の世界とはもう違うものになってしまい、決して戻ることはないのかもしれない。

スーパーで買い物をしながら、優佳は憂鬱になってきた。この状況では、江戸にいた方が落ち着けるのではないか。実際は江戸の方が遥かに不便だし、衛生状態もずっと悪い。コロナ禍の現在と比べても、江戸の方が勝っていることはないはずだが、その辺は気の持ち方なのだろう。

日用品や日持ちする食品を戸棚と冷蔵庫に収めると、優佳は納戸の戸を開けて中に入った。奥の壁をスライドすると、階段が現れる。その先は、着替えに使っている踊り場のような小部屋を介して、江戸の東馬喰町にある一軒の仕舞屋風の家の押入れに繋がっているのだ。後ろ手に壁を閉じて、優佳は懐中電灯を持って階段を下り始めた。

小部屋で黒襟格子柄の着物に着替え、さらに階段を下りる。下りきったところで懐中電灯を消し、足元に置いてすぐ前の羽目板に手を当て、そうっと横に滑らせた。その先は、狭い押入れだ。一応耳を澄まして、物音がしないのを確かめ、襖を開ける。雨戸を閉めているので、部屋の中は暗いままだ。畳の上に足を滑らせ、雨戸に手を掛けると一気に開けた。初夏の江戸の眩しい陽の光が、部屋に溢れた。目を瞬き、大きく手を広げてぐっと息を吸い込む。江戸の空気と香りが体に満ち、コロナの憂さが晴れた気がした。

　四半刻、つまり三十分ほど、畳に寝そべってぼうっとしていた。車の音も、うがい手洗いを勧める都の広報車の声も、テレビの音声も聞こえない。それがひどく贅沢なことのように思えた。しばし目を閉じてみる。こんな穏やかな時間が、ずっと続けばいいのに。

「すいやせん、姐さん、おられやすかい」

　表の戸を叩く音と共に、大声で呼ぶ声が聞こえた。穏やかな時間は、そう長くもたなかったようだ。おゆうは体を起こし、欠伸をしながら表口に出て行った。

「はいはい、いるわよ。入んなさいな」

　返事してやると、戸を開けてちょっと見てくれのいい若い男が顔を覗かせた。下っ引きの藤吉だ。

「ああ、どうも。さっき寄ったら雨戸が閉まってたんで、どっかお出かけかと」

「え？ うん、そうね、ちょっとね」

曖昧に笑うと、藤吉は急いでいるらしく、それ以上聞かずに用向きを言った。

「戸山様がお呼びなんで。鵜飼の旦那と、うちの親分と姐さんに、八ツ（午後二時）に大番屋に来るように、って。親分に言われて、それをお知らせに上がったんですが」

「え、戸山様が？」

戸山とは、南町奉行所内与力の戸山兼良のことだ。内与力は奉行所の職員ではなく奉行個人の家来で、秘書役兼総務課課長のような役割を務めている。普段の捜査指揮をする立場ではないので、戸山の呼び出しとなると、南町奉行筒井和泉守からの個別の要請と思われた。

「わかった。八ツね。ええっと……」

今、何時だっけ。確かスーパーから戻ったのが十一時半で……。

「今、九ツ（十二時）を過ぎたところなんで、あと一刻ほどです」

察したように藤吉が言った。慌てずとも、昼食を摂る時間は充分ありそうだ。おゆうは頷くと、藤吉に小遣いをやって帰らせた。

身支度を整え、帯に十手を差して表に出た。これを持つときは、心なしか背筋が伸びる。女の身で十手を携えているのは珍しいので、すれ違う人から好奇と畏敬の入り交じったような視線を向けられることも、ままある。そのせいで、却って身が引き締まる思いがした。

表通りに出て、馴染みの料理屋でゆっくりお昼にしようと足を向けたところで、ふいに後ろから声がかかった。

「おうい、おゆう、ちょっと待て」

すっかり聞き馴染んだ声に、思わず顔を綻ばせ、おゆうはゆっくり振り返った。三間ほど後ろに、愛しき微笑みが見える。ちょっとクールな男ぶりに、黒羽織と朱房の十手。南町奉行所定廻り同心にして、おゆうの「いい人」と世間に囁かれている、鵜飼伝三郎だ。

「あら鵜飼様。これから大番屋ですか」

うふっと笑いかけると、伝三郎は隣に寄り添ってきた。

「ああ。戸山様の呼び出しは、聞いてるな」

「はい。何かまた、内々のお話でしょうか」

「そのようだ。その前に、お前が家にいたら昼飯でも、と思って行こうとしたら、ちょうど路地から出てくる後ろ姿が見えたんでな」

「それは、ちょうど良うございました。私は、橘町の萩屋に行こうとしてたんですけど」

「萩屋か。じゃあ、付き合うぜ」

では、とおゆうは伝三郎と連れ立って歩き出した。この時代、男女が二人横に並んで歩くのは、まず滅多にないことだ。まして、八丁堀同心と十手持ちの女である。すれ違う人々が好奇の目を向け、すぐに目を逸らすという同じ動きを次々にしていくのが、どうにも可笑しかった。

萩屋の暖簾をくぐると、伝三郎を見た亭主がさっと奥へ案内した。八丁堀同心は街の顔だから、どこの店へ行っても粗略な扱いは受けない。亭主は二人が座ると、すぐに昼の膳をお持ちしますと言って下がった。定食メニューは、干物と天婦羅、あさり汁らしい。

亭主が引っ込んだのを確かめ、おゆうは伝三郎に話しかけた。他の客とは衝立で仕切られているので、大声を出さなければ内緒話もできる。

「戸山様の御用について、何かご存じのことはおありなのですか」

「いや、知らねえ。だが戸山様から直々となると、今までにもあったように、御奉行からの頼み事だろうな」

伝三郎の予測もおゆうと同じだった。

「だが呼ばれたのは、俺とお前と源七の三人だけだ。江戸中を騒がすような大ごとじゃねえってのは、間違いなかろう」

　藤吉の親分である馬喰町の源七は、おゆうが江戸に来て、捕物に首を突っ込むようになった頃からの付き合いで、気心は知れている。岡っ引きとしては評判が高く、おゆうたちと一緒に戸山の直接指示による捜査も経験していた。

「それはわかりますけど、戸山様は、顔馴染みで信の置ける人だけに絞って呼んだわけですよね。もしかすると、結構厄介なことなのでは」

　伝三郎はおゆうの心配を聞いて、ちょっと渋い顔になった。

「実は俺もそんな気がしてな」

「何か近頃、奇妙で怪しげな一件とか、お偉方が絡みそうな一件とか、ありましたっけ」

「さあ、そんなものは見聞きしてねえが」

　伝三郎は少しの間考えたが、すぐに笑って肩を揺すった。

「まあ、じきにわかることだ。考え過ぎても飯が不味くならァ」

　こんな風に、あまりネガティヴに悩まないところが好きだ。そうですよね、とおゆうも笑みを返したところで、膳が運ばれて来た。揚げたての菜の天婦羅の香りが、おゆうの食欲をそそった。

　大番屋に着くと、小者に奥の座敷へ通された。そこでは、源七が先に来て待っていた。

「おう源七、早いな」

へい、と頭を下げた源七は、いかつい顔に似合わない、落ち着かなげな様子だ。

「いったい何ですかねえ。悪い話じゃなきゃいいんだが」

「聞く前からそんな顔をするな。こっちまで滅入る」

「すいやせん。ですが旦那、この部屋はいかにも、内緒の厄介事を話そうって感じじゃありやせんかい」

源七は手で周りを示した。そこは八畳の間で、狭いというわけではないが、一方が飾り気のない壁、三方は襖が閉めきられているので、三人が座ると妙に圧迫感があった。源七の気分も、わからなくはない。

「大部屋に何十人も集められた方が、気が楽なんですがねえ」

「お叱りを受けに来たんじゃねえんだ。ぐだぐだ言わずに、おとなしく待ってろ」

伝三郎にぴしゃりと言われて、源七はしゅんとなった。鬼の岡っ引きも、こういう勝手の違う場では意気が揚がらないようだ。おゆうが、まあまあ、と微笑んで肩をさすってやると、少しばかり源七の顔が上向いた。

おゆうの感覚で十五分くらい経った頃、いきなり正面の襖が開いた。はっとして身を硬くすると、羽織袴姿の大柄な侍が入ってきた。戸山だ。一同は揃って頭を下げた。

「あァ、呼び立てて済まん。知らぬ仲でもなし、堅苦しい礼儀は要らん」

戸山は、緊張をほぐすように言いながら、三人の前に座った。伝三郎が安堵したように肩の力を抜く。

「来てもらったのは、他でもない。御奉行からのお指図だ。いや、頼み事と言った方が良いかな」

頼み事、と聞いて、おゆうと源七は首を傾げた。これは奉行の私事なのだろうか。

「いかなるお話でございましょう」

伝三郎が促すように聞くと、戸山は話の順番を考えるように少し間を置いてから、言った。

「間宮筑前守殿を存じておるか。作事奉行の御役にあって、この弥生に亡くなったお方だが」

おゆうはもちろん知らないので、戸惑った。源七もやはり知らないらしく、ぽかんとしている。だがさすがに伝三郎は、名を知っていたようだ。

「確か、御奉行が以前、長崎奉行をお勤めのとき、御同役だったお方ではありませんか」

戸山は、そうだと頷いた。奉行職には複数を充てる場合が多くあり、長崎奉行も通常は二人制で、現地在勤と江戸在勤に分かれ、一年ごとに交代していた。今の感覚だと、知事が二人いるみたいで妙だが、用事があれば東京との間を飛行機や新幹線ですぐ往復できる時代とは違うのだ。会社なら総務部長や企画部長が担当業務の関係で二人以上いることもあるので、それと似たような感覚かもしれない。

「その筑前守殿の配下であった、河村右馬介（かわむらうまのすけ）というお人がいる。筑前守殿が長崎奉行をなされていたときは、その下で支配調役に就いておられた」

「そのお方は、戸山様がよくご存じなのですな」

戸山も筒井和泉守が長崎奉行だったときは、長崎奉行所の役職に就いていたはずだ。河村という人物は、戸山の長崎時代の同僚か上司のような形になるのだろう。

「いかにも、よく知っておる」

「長崎の後は、何をなさっておられますので」

「今は無役で、この秋から勘定奉行所に出仕することが決まっておった」

おや？　過去形か。伝三郎も気付いたようで、すぐに聞いた。

「その河村様に、何かありましたか」

「つい三日前、急に亡くなった」

伝三郎の眉が上がった。

「河村様は、お幾つでしたか」

「儂（わし）より四つ下の、四十三だ」

江戸であっても、まだまだ働き盛りと言っていい年だ。だが、もっと若くても急な病に倒れることはある。

「亡くなり方に、何かご不審がおありですか」

伝三郎が聞くと、戸山は頷きはしなかったが、渋面になって答えた。

「河村殿は病もなく、直前まで普段と変わらぬ様子であったそうだ。料理屋で知り合いと夕餉を共にし、その夜、屋敷で床に就いてから間もなく、苦しみ出したと聞く」

「ほう。で、その晩のうちに亡くなられたと？」

「左様」

「医師を呼ばれたのでしょうな。診立ては」

「心の臓の発作ではないか、とのことであった」

おゆうは眉をひそめた。発作と言うより、今風に言えば心不全だろう。死因がはっきりしない場合によく使われる言い方だ。伝三郎も、難しい顔をしている。

「心の臓、と診立てるからには、食あたりなどではないわけですな」

「そのようだ。儂も医術に詳しくはないので、それ以上は何とも言えん。だが、河村殿は心の臓が弱いとか悪いとか、これまで一度も言われたことはなかった」

なるほど、と伝三郎が呟きを漏らす。それから改めて、戸山の目を覗き込むようにして尋ねた。

「その河村様というお方が、いささか不審な亡くなり方をしたことはわかりました。しかし、それだけで御奉行がわざわざ内々にお調べになりたいとは、ちと解せませぬ。まだ何かあるのではございませんか」

それを聞いた戸山の口元に、僅(わず)かな笑みが浮かんだ。

「お前の言う通りだ。それだけではない」

戸山は、一同の注意を引きつけるように一拍置いてから、言った。

「河村殿と長崎在勤の頃から懇意だった、唐物商の平戸屋(ひらどや)市左衛門(いちざえもん)という者がおる。御奉行もご存じだ。年は確か、五十一。この者も、五日前に死んだ」

伝三郎の目付きが、鋭くなった。

「もしや、そのお方も？」

戸山が重々しく頷いた。

「河村殿の亡くなり方と、そっくりであった」

二

おゆうと伝三郎と源七は、戸山が出て行った後もしばらく大番屋の一室に残り、それぞれの頭で考え込んでいた。戸山の指示は、河村と平戸屋の死に事件性がないかどうか確かめ、もし殺人なら下手人を突き止めろ、というものだった。連続殺人だとすると、被害者の身分を考えれば、大事件だ。

「戸山様のあの言いようじゃ、やっぱり殺しってことですかねえ」

源七がぶつぶつと言った。ずいぶんな厄介事を背負わされたと、ぼやきそうな顔色だ。

「そう思える節があったから俺たちを呼んだんだろうが……おゆう、お前、何か考えがあるか」

しきりに頭を捻っていると、伝三郎から話を振られた。取り敢えず頭にあることを、口にしてみる。

「もしこれが殺しだとすると、毒でしょうかねえ」

絞殺でも扼殺でもなく、凶器も使われていないなら、それしかないはずだ。だが伝三郎は、すぐには頷かなかった。

「毒が使われたなら、医者が見過ごすとも思えねえが」

「ですが旦那、医者だって、よっぽど死に方がおかしくなきゃ、毒じゃねえかと疑ってかかりゃしねえでしょう」

それも一理ある。医者としても、やたらに事を面倒にはしたがらないだろう。

「もしかしたら、藪医者だったかもしれねえし……あッ、医者が下手人とツルんでたってのは、どうです」

調子に乗ったか、源七は余計なことまで言った。

「ちょっと源七親分、そんないきなり話を広げちゃ駄目ですよ。まだ何もわからないんだから」

伝三郎が叱る前におゆうが窘めた。源七は、そうだったなと頭を掻く。

「まあとにかく、二人が死んだときの様子を詳しく聞くことから始めるか。それで二人とも急な病だったと得心できりゃ、それに越したことはねえ」

伝三郎が言った。その通りだ。そもそも、普通なら殺しを疑うようなケースでは……。

「あの、ちょっと考えたんですけど、例えば知り合いが何日かのうちに続けて急に亡くなったら、普通どう思いますか」

「え？　何だ？」

源七がしかめっ面で応じた。

「どうって、そりゃ……巡り合わせが悪いなって」

「でしょう？　殺されたかもって、いきなり考えませんよね」

伝三郎はこれを聞いて、おゆうの言いたいことを察したようだ。真顔になって言った。

「つまり、殺しを疑うだけの理由が他にもあるはずだ、ってことか」

はい、とおゆうは大きく頷いた。

「戸山様は、まだ何か隠しておられると思います」

伝三郎も源七も、おゆうの考えにすぐ賛同はしたが、戸山に問い質すわけにもいかない。やはり当面は、定石どおりに調べを進めて行くしかなかった。

日は少し傾いていたものの、早い方が良かろうということで、三人は河村右馬介の屋敷に向かった。事情を聴きに行くということは、戸山の方から伝えてくれているそうだ。通常、町方役人は旗本屋敷には立ち入れないが、この場合は特別だった。

河村家は少禄の旗本だが、それなりに立派な門構えだ。源七が表の潜り戸を叩き、出てきた小者に用向きを伝えると、やはり話は通っていたらしく、さして待つこともなしに奥へ通された。待つ間に、おゆうは伝三郎に囁いた。

「戸山様みたいに御奉行の間宮様のご家来かと思いましたが、御旗本だったんですね」

「間宮筑前守様は七百石の大身だが、そんなに何人もご家来がいるわけじゃねえ。遠国奉行の配下になる方々でも、上の方の御役に就くのは御旗本か御家人だ」

なるほど、そういうものか。確かに長崎奉行所ともなれば、上級役職者だけでも何十人といるだろう。支配調役というのは、与力などよりだいぶ偉いらしい。

当主が亡くなって間がなく、屋敷は喪に服しているせいもあって、静かだ。三人を迎えて河村の妻女のところへ案内してくれた若侍も、表情が暗かった。

「さと、と申します。わざわざのお運び、ありがとうございます」

河村の妻女は、丁重に挨拶を述べた。伝三郎が代表してお悔やみを述べ、線香をあげた。おゆうと源七は、神妙に頭を下げていた。

「南町奉行所の戸山様より、ご丁寧にお話をいただきました。何なりと、お尋ね下さいませ」

さとは、三人を前にして気丈に居住まいを正し、言った。年は四十くらいか。もともと地味な雰囲気の女性のようだが、葬儀を終えたばかりで、すっかりやつれ切っている。この場での事情聴取は気が引けたが、調べのためには、死亡時の様子を知ることがどうしても必要だった。伝三郎が咳払(せきばら)いし、話を始めた。

「恐れ入ります。では、河村様がお亡くなりになったときのご様子を、順にお伺いいたしたく。その日は、外でお知り合いと会合されていたのでしたな」

はい、とさとは俯(うつむ)き加減になる。

「お相手は存じませぬが、左様でございます」

「どちらの料理屋であったか、ご存じでしょうか」

「供をした者から、柳原岩井町(やないはらいわいちょう)の菊松(きくまつ)という店と聞きました」

あ、これは有難い、とおゆうは思った。江戸の侍連中は、家で仕事の話などしないだろうから、会食の相手や場所なども、妻女が知っているとは期待していなかった。店の名前だけでもわかったのは幸いだ。店で質せば、相手の素性もすぐにわかるはずだ。

「お帰りになったのは、何刻頃でございましょう」

「はい、五ツ半（午後九時）少し前かと。何か気分がすぐれぬ様子で、湯も使わず、じきに床につきましたのですが」

「お帰りになったとき、既にお具合が良くなかったのですか」

「夜目にわかるほど顔色が悪く、吐き気などもしていたようです。食べたものが悪かったのでは、とも思いましたが」

「そうではなかった、と」

「はい。床についてすぐ、体のあちこちが痛むと漏らしまして。寝付かれぬまま、何度か厠（かわや）へも行っていたのですが、夜半を過ぎました頃、胸がおかしいと手で押さえて……」

そこでさとは、声を詰まらせた。夫が亡くなったときの光景がはっきり甦（よみがえ）ったようだ。おゆうたちは察して、急（せ）かすことなくじっと待った。

「ご無礼いたしました」

少し経って落ち着いたらしく、さとは詫びて顔を上げた。目が潤んでいる。

「あの、もしお辛いようでしたら……」

見かねておゆうが、つい身分差もわきまえず声をかけた。が、さとはかぶりを振った。

「構いませぬ。お続け下さい」

武士の妻として、取り乱してはならぬと自らを叱咤したのだろう。おゆうは頭が下がる思いがした。

「では……胸を押さえ、そのままお倒れになったのですか」

遠慮がちに伝三郎が確かめた。その通りだとさとが答える。

「急いで傍に寄りましたが、息もできぬ様子で。驚いて家の者たちを呼び、下働きの者を医師のところに走らせたのですが、医師が来たときにはもうこと切れておりました」

さとは再び、俯いた。おゆうは相手を気遣いつつ、頭の中を整理した。食後、一時間から二時間程度で嘔吐と、たぶん下痢も。筋肉痛が出た後、不整脈を起こして数十分で心停止。さとの話からわかる症状は、そんな具合だ。さとは最後に、駆け付けた医師が脈を調べて死亡宣告し、心臓発作であろうと診断した旨を述べた。

「そのお医者は、何というお方ですか」

「町医者ですが、以前からこちらの屋敷に出入りしている方です。伯全様とおっしゃいます」

後でその医者にも話を聞かねばならない。ここで伝三郎は畳に手をついた。ご妻女に聞くことは、もう充分と考えたようだ。

「ご葬儀から間を置かずお取込みの中、お邪魔をいたしまして申し訳ございません。どうかお力落としなさいませぬよう、お願い申し上げます」

「お気遣い痛み入ります。戸山様に、何卒よろしくお伝え下さいませ」

さとは敢えて、夫の死に不審があるのか、という問いかけはしなかった。戸山がどのように告げたかはわからないが、胸の内には不安が芽生えているに違いない。表に出さないのは、武士の妻の嗜みだろうか。おゆうは見ていて、また少し辛くなった。

河村家の屋敷を出たときには、日暮れが近くなっていた。

「どうしやす。この足で菊松って料理屋、行ってみやすかい」

源七が言った。期待するような顔をしているのは、間宮家で湿っぽい空気になったので、料理屋で調べのついでに精進落としのつもりで一杯、と考えたのだろう。伝三郎も察したようだ。

「そうだな。夕餉の頃合いだし、寄ってみるか」

そうこなくちゃ、と言いかけた口を手で押さえ、源七は軽くなった足取りで先頭に立った。神田川から吹いてくる夕風が、心地良かった。

菊松は、なかなか立派な料理屋だった。表間口は五間（約九メートル）ほどだが、奥行きは結構ありそうだ。表の柱も、飾り彫りが入る凝ったものである。たぶん、不意の一見客は断っているのだろうが、出て来た番頭は、相手が八丁堀同心と見て取るや、すぐに愛想笑いを浮かべて奥へ通した。

長い廊下を通って、一番奥まった座敷に入った。やはり建物の奥は広く、十幾つかの座敷があるようだ。伝三郎を上座にして畳に座ると、間を置かずに羽織姿の五十絡みの小柄な男が現れ、畏まって頭を下げた。

「これは八丁堀のお役人様。御役目ご苦労様にございます。手前、主人の五郎兵衛と申します」

「おう、急に寄って済まねえな。俺は南町の鵜飼、こっちは馬喰町の源七と、東馬喰町のおゆうだ」

伝三郎は鷹揚に名乗った。五郎兵衛は、三人それぞれにきちんと頭を下げた。

「すぐにお酒とお膳を運ばせますので、しばらくお待ちを」

別にたかりに来たわけではないが、八丁堀には様々な役得がある。タダとは言わぬまでも、大幅な割引サービスがあるだろう。源七はそれを承知で、早くも口元が緩んでいる。

「ああ。だが、飯の前にちょいと聞きてえことがあるんだが」

五郎兵衛の顔に緊張が走った。

「御用の筋でございましたか。はい、何なりと」

「三日前の晩、河村右馬介ってぇ御旗本が、ここに来ていたはずだが」

「河村様ですか。はい、確かにお越しでした。何でも、急にお亡くなりになったとか。誠にお気の毒なことで」

五郎兵衛は商売人らしく、ご愁傷さまという表情を浮かべた。

「ここで夕餉をして酒を飲んでから、夜中に死んだってのも、聞いてるかい」

「えっ」

五郎兵衛は目を剝いた。

「そうでございましたか。では、あれが最後のお食事で……」

五郎兵衛は、いかにも残念という風に言った。伝三郎は、おゆうと源七に目配せした。河村の死に様については、口にするなということだ。毒物による死亡の可能性もある以上、五郎兵衛にここで警戒させるのはまずい。おゆうもそこは心得ていた。

「そうなんですよ。心の臓の発作とか。本当に、急なことで」

おゆうが言うと、五郎兵衛は「お元気なご様子でしたのに、人の命というのは、わからないものですなあ」などと嘆いてみせた。

「まったくですね。ところで、河村様はここでどなたとお会いになっていたのですか」

五郎兵衛の顔が一瞬、硬くなった。が、すぐに元に戻った。客の個人情報は言いたくないが、相手が八丁堀では仕方ない、というところだろう。

「廻船問屋の、玄海屋さんでございます」

「ほう。南茅場町の玄海屋か」

伝三郎が言った。得心したらしい目付きだ。おゆうも玄海屋の名は知っていた。かなりの大店で、名前の通り九州方面との取引に強く、長崎にも出入りしている。河村との繋がりも、長崎絡みに違いあるまい。

「河村様は、よくこちらに来られてたんですかい」

今度は源七が聞いた。五郎兵衛は、はい、何度かお越しでしたと応じた。

「玄海屋さんはどうです」

「はい、ご贔屓いただいております。実は、河村様はこちらにお出でのとき、お相手はいつも玄海屋さんでしたので」

「そうか。つまり、玄海屋が河村様をここに誘ってたんだな」

伝三郎が言うと、五郎兵衛は「そのようでございます」と認めた。

「唐物商の平戸屋が、ここに来たことはねえかい」

さて、と五郎兵衛は首を傾げた。

「日本橋通り近くの福島町の、平戸屋さんでございますか。はい、お越しになったことはございます」

「そうか。河村様や玄海屋と一緒になったことは」

「いえ、なかったと思いますが」

おゆうは五郎兵衛の顔をじっと見た。一瞬、躊躇いがあったような気がしたのだが、不審と言えるほどではなかった。

「あの、平戸屋さんが何か」

気になったようで、五郎兵衛が聞いてきた。平戸屋が死んだことは、まだ知らないのだろうか。伝三郎は「いや、それならいい」と躱し、それ以上は言わなかった。ちょうどそこへ、「お邪魔いたします」と声がかかり、襖が開いて膳を捧げ持った女中たちが入ってきた。五郎兵衛は、いかにもほっとしたような笑顔になった。

「お口に合えばよろしいのですが。では、どうぞごゆっくり」

五郎兵衛はこの機にすっと膝立ちになり、そのまま退いて襖を閉めた。代わって三人の脇に女中が侍り、徳利を持ち上げた。居続けられては困るので、一杯だけ注がせ、伝三郎が女中たちを下がらせた。源七は、ちょっと残念そうな顔をした。

膳は鰹の刺身、焼き物、酢の物などなかなか豪勢で、三人はすっかり満腹になって菊松を出た。聞き耳を立てられる恐れもあったので、河村や平戸屋の話は一切、口に出さなかった。

「あそこの板場は、調べなくていいんですかい」

菊松を出て充分離れてから、源七が伝三郎に聞いた。調べるさ、と伝三郎が言う。

「だが、まず玄海屋の話を聞いてみよう。もし料理に変なものが仕込まれてたなら、同席した玄海屋が何か気付いたかもしれねえ」

そうですね、とおゆうも言った。

「平戸屋さんの亡くなり方も、確かめないと。もし平戸屋さんも河村様と同じく菊松で夕餉をなすった後で亡くなってたりしたら、菊松が関わってる疑いが濃くなりますし」

だよな、と源七は頷いた。

「じゃあ、明日は玄海屋に行きやすか」

「うん。しかし俺たちも、この一件だけに関わってるわけにもいかねえだろう。やることは一杯あるからな」

定廻り同心は南北奉行所に各六名しかいないので、結構忙しい。戸山の特命といえど、それだけに専念することもできなかった。

「手分けしよう。源七、お前は明日、伯全てぇ医者の話を聞いてくれ。玄海屋は、俺とおゆうで行く」

「へい。承知しやした」

源七は、お任せをとばかりに胸を張った。

「さてと、それじゃあ……」

伝三郎はおゆうの方を見た。おゆうはにっこりと笑みを返す。おっと、と源七が頭を叩いた。

「こいつァ気の利かねえこって。邪魔者は消えるとしまさァ」

源七は心得たようにニヤリとすると、さっと身を翻して右手の通りに入った。おゆうはくすっと笑って、伝三郎に寄り添った。

「じゃあ、うちに参りましょう」

伝三郎は、うん、と軽く頷いた。


家に着く前、肴(さかな)が何もないことを思い出した。酒はストックしてあるが、冷蔵庫のない江戸では食料の保存が利かないので、日々、煮売り屋などから買っているのだ。今日は午前中に東京からこっちに来て、じきに戸山の呼び出しがあったものだから、買い物に行けていなかった。おゆうは伝三郎に詫びた。

「何、酒だけありゃいいさ。食い物は、もう充分に腹に入れたからな」

伝三郎は笑って膨れた腹を叩いた。こういう屈託のなさが、おゆうには嬉しい。

家に着いて座敷に座り、冷やでいいと言うのでそのまま買い置きを徳利に移して出した。注いであげると、一口で盃を干した伝三郎は、目を細めた。

「うん、なかなかいい酒だ」

「そうでしょ。お気に召して良かったです」

銀座のデパ地下で買った吟醸酒を出すこともあるが、これは近所の酒屋で買った灘の生一本だ。江戸ではいい値がする逸品だった。正直、現代の酒とは味わいがだいぶ違っているのだが、伝三郎はどちらでもあまり気にせず飲んでくれる。旨ければ何でもいいらしい。

しばらく差しつ差されつしてから、伝三郎は本題に入った。

「さてと。河村様と平戸屋のこと、どう思う。この二人の繋がりだが」

「殺しを疑うほどの、何か厄介なものがあるんでしょうね」

おゆうは徳利を置いて言った。

「お前は、戸山様がそいつを隠してるんじゃねえか、と見てるんだな」

「戸山様、と言うより、お指図を出された御奉行様でしょう。裏に何かなければ、御奉行様がご自身でわざわざ、戸山様に内々で調べろなんておっしゃらないと思います」

そうだな、と伝三郎も同意する。

「これだけのために、定廻り同心と腕利きの岡っ引きを二人、引っ張り出したんだ。だいぶ深刻に考えてなさるのかもしれねえ」

「あまり表沙汰にしたくない大ごとが、隠れてるんでしょうか」

以前、筒井和泉守の内々の指示で動いたのは、ロシアまで絡む国際問題の大事件だった。だがそのときは、奉行所中に指示が行き渡り、何十人もの岡っ引きが動員されたのだ。今度はだいぶ様子が違う。

「らしいな。しかもだ。御旗本の身に起きたことなら、調べるのは御目付の仕事だ。町方の俺たちが関わる話じゃねえ。そこを何で御奉行が、ってのが、どうもな」

伝三郎の言う通り、本来町奉行が手を突っ込む話ではないのだ。長崎奉行時代によく知っていた相手だからと言って、筒井和泉守が敢えて内密にそうした理由は、何だろう。

「玄海屋が出てきたのも、気になるしな」

「ええ。廻船問屋ですよね。長崎にも縁のある」

長崎奉行所の上級職と、唐物商と、廻船問屋。どうも嫌な感じがする。おゆうは敢えて、口にしてみた。

「まさか……抜け荷、とか」

鎖国の時代には密貿易が後を絶たず、おゆうたちも関わったことが何度かある。

「ないとは言えねえな」

伝三郎も、同じことを考えたようだ。

「もしそうだとしたら、戸山様がお隠しになることもわかりますが、どう始末をお付けになるんでしょうね。ひょっとして、それが世間に知られるのを恐れていらっしゃる？」

長崎奉行所の役人が抜け荷に関わっていた、となると、大きな不祥事だ。筒井和泉守がこれを殺人と疑っているなら、事件をきっかけにその醜聞が表に出ないよう、隠密裏に捜査をさせる、ということはあり得ると思えた。

伝三郎は、ふうむと唸って腕組みした。

「それも考えられるが……どうかな。抜け荷だったとしても、御奉行が何でわざわざ他人の不正を隠してやらなきゃならねえんだ」

「それはその……」

おゆうは言い難さにもじもじした。

「御奉行様も関わっていたなんてことは……」

伝三郎の顔が、一瞬険しくなった。が、すぐに笑い出した。

「滅多なことを言うもんじゃねえよ。それなら、俺たちに一件をほじくり出すようなことをさせるわけがねえ」

「ああ、それはそうですよね」

おゆうはよく考えずに言ったのを後悔して、詫びるように徳利を取り、伝三郎の盃を満たした。伝三郎はそれを啜り、一息ついてから言った。

「少なくとも御奉行が、殺しだとしたら下手人を突き止めたいとお考えなのは、間違いないだろうぜ」

次の日、おゆうは伝三郎と一緒に玄海屋へ出向いた。前夜は二人きりで過ごせたのに、小難しい話のせいで甘い空気にならないまま、終わってしまった。まあ仕方ない、とおゆうは思う。実は伝三郎は、おゆうと深い仲だと世間に思われているのに、一度も泊まっていったことがなかった。自分がそれにすっかり慣れてしまったのも、おゆうとしては残念なのだが。

南茅場町の表通りにある玄海屋は、間口十五間の大店だ。船主に荷を回すことに加え、自身も千石船を三艘、持っていた。盛んに人の出入りもあるようで、二人が暖簾を分けて店に入ったときも、表の間で番頭らしいのが客と商談の最中であった。その番頭は、伝三郎に気付くと驚いて居住まいを正した。

「八丁堀のお役人様でございますか。手前どもにご用でございましょうか」

「おう。旦那はいるか。ちょいと話があってな」

それを聞いて、帳場に控えていた手代がすぐに奥へ走った。立って待っていると、手代は一分足らずで戻ってきて、二人を丁重に奥へ案内した。番頭が頭を下げる。客の好奇の視線が追ってきた。とりわけ、十手を差したおゆうの姿に目を奪われているようだ。いつものことと、おゆうは見向きもせずに伝三郎に従って廊下を進んだ。

奥の客間では、胡麻塩(ごましお)頭で細身の男が、正座して待っていた。年は四十七、八といったところか。細身であっても肩などはがっしりした感じで、若い頃は船に乗っていたのだろう。

「御役目ご苦労様でございます。玄海屋作右衛門(さくえもん)でございます」

畳に手をつく玄海屋の主人に、伝三郎は軽い頷きで応じた。

「南町の鵜飼だ。こっちは俺の配下で、東馬喰町のおゆうだ」

「はい。お世話になっております。本日はどのようなお話でございましょう」

「うむ。早速だが、旗本の河村右馬介様とは、どんな付き合いかな」

いきなり要点に入ったので、作右衛門は動揺を見せた。が、すぐ立ち直って答える。

「河村様でございますか。長崎奉行所にお勤めでした折から、商いの上で何かとお世話になっておりました」

「つい先日、亡くなったのは知ってるな」

「はい。ご葬儀にも参りました。本当に、急なことで驚いております」

「じゃあ、河村様が亡くなったのが、お前さんと菊松で会った後の夜中だった、てことも聞いてるな」

作右衛門はぎくっとしたように眉を動かしたが、悟ったように小さな溜息をついた。

「はい、聞いております」

「そうか。菊松での河村様の様子はどうだった。変わった様子はなかったか」

「いえ、全く何も。普段通り、お変わりございませんでした」

「ということは、普段がどうなのか承知されるほど、度々お会いになっていたんですね」

おゆうがすかさず突っ込むと、作右衛門はあっという顔になったが、すぐに認めた。

「はい。何度もお会いしております」

「よし、それについては後で聞こう。菊松で出た料理と酒には、何もおかしなところはなかったのか」

「は？　いえ、刺身、天婦羅、豆腐、なます、汁物など、立派な料理で味も結構でしたが、おかしなというのは……」

そこまで言ってから、作右衛門はおずおずと聞いた。

「あの、もしや、食あたりをお疑いで？　それとも毒……」

「いやいや、念のために確かめてるだけだ」

毒殺という話にならないよう、伝三郎が急いで打ち消した。作右衛門は察したらしく、言葉を呑み込んだ。

「お前さんは菊松から帰った後、何もなかったんだな」

「はい。五ツ半頃に店に帰り、少し汗ばみましたので湯を浴びてから床に入りました。朝までぐっすり寝ておりまして。何でしたら、店の者にお確かめいただいても」

「いや、それには及ばねえ」

左様でございますかと安堵したように言う作右衛門に、おゆうが代わって尋ねた。

「先ほどの話ですが、河村様と度々お会いになっていたのは、どのようなご用向きですか」

「あ、はあ、用向きと申しますほどではございませんで。先ほど申しました通り、長崎でお世話になりましたものですから、江戸へ戻られましてもお付き合いをさせていただいております」

「それだけ、ですか」

「はい、取り立てて何かあったというわけでは」

怪しいな、とおゆうは思った。玄海屋は大店の主人だが、相手は少禄とはいえ旗本だ。旧交を温めるだけに何度も会って会食するとは、解せない。

「玄海屋さんは、長崎まで船を廻しておられるのですか」

方向を変えてみた。作右衛門はちょっと眉を上げただけで、いえいえとすぐ答えた。

「手前どもの船は、上方までです。大坂や堺の同業のお店と手を繋いでおりまして、そちらの船で長崎から運んでいただいたものを堺で積み替え、江戸に運んでおります。ただ運ぶ品の買い付けには、手前どもが直に出向くことはございます」

関西の同業者と提携しているわけか。確かに長崎と直接行き来するより、リスクは低く効率も高いだろう。

「そうですか。屋号が玄海屋でいらっしゃるので、てっきり玄界灘まで船を走らせておられるのかと」

「ああそれは、初代が筑前で船乗りをしておりまして、船と一緒に江戸に出て、この店を始めましたもので」

答えた作右衛門の顔に、少し誇らしげな色が浮かんだ。荒海を乗りこなして財を築いた先祖を、尊敬しているらしい。

「長崎では、河村様とどのようなお付き合いをされていましたか」

「それは、長崎の出島出入りの商人の方々をご紹介いただいたり、唐物の買い入れのご相談に乗っていただいたり、というようなことで……」

作右衛門は淀みなく話したが、おゆうは内心、ちょっと首を傾げた。支配調役の職掌がどういうものかはよく知らないが、上級職を介するにしては、下世話な気がしたのだ。作右衛門は、無難な答えを用意していたのかもしれない。もう少し突っ込むか。

「ご禁制のものが入ってきたりしたら、取り締まるのは河村様のお仕事でしょうか」

「え? はい、それはまあ、左様でございましょうなあ」

「では、河村様のお力があれば、お目溢しなどもできたのでは」

さすがに気付いて、作右衛門の顔が険しくなった。

「それは手前どもにはわかりかねます。何をおっしゃりたいので……」

「玄海屋、お前さん、平戸屋を知ってるか」

伝三郎が唐突に割り込むように言った。作右衛門は一瞬、ぽかんとした。

「は、はい。存じておりますが」

虚を突かれて考える余地もなかったか、作右衛門は応答してから、微かに渋い顔になった。この辺り、おゆうと伝三郎の息はぴったりだ。

「平戸屋は六日前に死んでる。知り合いが一日置いて二人も、急に死んだんだ。お前さん、何か考えることはあるか」

「いや、何かと言われましても、ご不幸が続くときは続くものだ、としか」

作右衛門は、目を瞬いている。明らかに落ち着きを失いかけていた。

「平戸屋さんとは、どういうお付き合いですか」

おゆうが畳みかけるように聞いた。

「平戸屋さんは唐物を商っておられます。手前どもが長崎で仕入れて運んできた品を、卸させていただいておりますので」

「平戸屋さんも、河村様と懇意だったと聞いています。菊松にも出入りされていたと。だったら、このお二人が相次いで亡くなったこと、ただの不幸続きなんでしょうか」

「いや、そう言われましても、手前には何ともお答えのしようがございません」

作右衛門はうっすら額に汗を浮かべながらも、言い張った。それ以上はどう聞いても、知らない、わからないという答えしか返らなかった。仕方あるまい。おゆうは伝三郎と顔を見合わせ、頷き合った。今は、河村と平戸屋と玄海屋の間に関わりがあった、と明らかになっただけでも収穫だ。二人はそこで話を切り上げ、顔を強張(こわば)らせた作右衛門をそのままに、玄海屋を辞去した。

蕎麦(そば)屋で早めの昼食を済ませ、江戸橋を渡って馬喰町へ向かった。うまくすれば、番屋に着く頃には源七も来ているだろう。

思った通り、番屋の戸を開けると、上がり框(がまち)に源七の顔が見えた。伝三郎とおゆうを見て、ちょうど良かったと立ち上がる。

「つい今しがた、伯全て医者のところから戻ったばかりでさぁ」

「そうか。どうだった」

源七は土間の壁際の腰掛に移り、伝三郎が代わって上がり框に腰を下ろした。おゆうも源七と並んで座る。

「伯全は本郷元町に結構な家を構えてやしてね。河村様の御屋敷からは三町くれぇのところで。あの辺は御旗本の御屋敷がぎっしりですから、いろんな御屋敷に出入りしてるようです。だからってぇか、どうも偉そうな奴で」

源七は不快さを隠さずに言った。旗本の主治医に岡っ引き風情が何の用だ、と上から目線で扱われたらしい。

「六十近くて、真っ白な泥鰌髭を生やしてやした。いかにも自分は名医だって、体全部で言ってるような感じで」

「見てくれはどうでもいい。河村様についての診立ては、どうだったんだ」

伝三郎に急かされ、源七はすいやせんと頭を掻いた。伯全の態度だけでなく見かけも、全部気に食わなかったようだ。

「心の臓の発作に間違いない、と言うんですがね。体中が痛いというのは、心の臓の急な病によくあること、って言ってやしたよ」

「度々厠に行ったり吐き気があったのは、どうなんだ」

「吐き気も、心の臓が悪くなるとあるらしいんで。腹が下ったのは、食ったもののせいだろうって」

「ふうん。しかし河村様は、心の臓が前から悪かったわけじゃねえんだろう。全く急にああなっちまったのか」

「へい。それもよくあるそうで。胸がちょいと痛んだくれえじゃ、齢(とし)のせいとか何とかで、気にしねえまま放っとくお人が多い、なんて言ってやした。当人が気付かねえうちに心の臓が悪くなって、ある日いきなり、ってことが幾らでもあるそうです。お勤めが忙しくてお疲れのお人にはままある、ってことですが」

「お勤めって、河村様は長崎から戻ってからは無役だろう。暇が多いのも心の臓に悪いとか言うんじゃあるめえな」

伝三郎が不審そうに言うと、源七は困った顔になった。

「そいつは伯全に言って下せえ。とにかくあの医者、診立ては間違いねえから四の五の言うな、って目付きで睨(にら)んできやがる。仕方ねえんで、退散しやした」

町のやくざ者相手なら一歩も引かない源七も、医者相手では勝手が違ったようだ。

「羽振りはどうだい」

伝三郎が聞いた。買収されそうな奴か、確かめたいのだろう。

「良さそうですね。弟子が四人もいて、忙しそうにしてやしたよ。癪(しゃく)だが、藪医者じゃねえようですね」

普通に繁盛している医者なら、金で診立てを左右することも、いい加減な診立てで誤魔化すようなことも、なさそうだ。おゆうは頭の奥から、心臓病に関する乏しい知識を引っ張り出した。心筋梗塞なら、確か胸以外の体の痛みや、嘔吐を伴うことがあったはずだ。詳しい検査などできない江戸でなら、伯全の診立ては不当なものとは言えないだろう。

「そう言や、去年死んだ通油町の茶問屋のご隠居も、前の日までぴんぴんしてたのに、いきなり胸を押さえて倒れて、それっきりでしたねえ」

源七が思い出したように言った。似た事例は幾らもある、というわけか。考えてみると、おゆうの勤めていた会社でも、退職直後に心筋梗塞で死んだ人がいたっけ。

「ふうん。今のところ、死に様におかしなところは見えねえ、ってわけか」

伝三郎は懐手をして、首を捻るように言ったが、すぐに膝を叩いた。

「よし。それじゃあ、平戸屋に行ってみるとするか」

三

福島町の平戸屋の店は、玄海屋ほどではないが大きな店であった。唐物商らしく看板に凝っていて、唐草模様や、阿蘭陀の旗に使われる色である赤白青の小さな方形が、ちりばめられている。だが今、店の大戸は閉められ、忌中の貼り紙がしてあった。近付くと、微かに読経の声がする。

「そう言えば、初七日でしたね」

奥では法要が行われているようで、取り込み中のところに来合わせてしまったか、とおゆうは残念がった。

「そのようだな。出直すか……いや、読経が終わったようだぜ」

気が付くと、静かになっていた。どうしようかと考える前に、源七が進み出て大戸を叩いた。

「ご免よ。平戸屋さん、法要の最中に申し訳ねえが、ちょいと御上の御用だ。開けてくんねえ」

呼ばわってしばらく待つと、ごそごそと気配がして潜り戸が開けられ、手代らしいのが顔を出した。

「え、八丁堀の……はい、少々取り込んでおりますが、どうぞお入り下さい」

手代は一歩引いて、おゆうたちを通した。三人は、薄暗い店先に足を踏み入れた。小物の商品が並べられた箱には蓋がされていたが、大物の唐風の壺などは、そのまま壁際に並んでいる。人影がないので、何となく不気味な感じがした。

「旦那は急なことで、気の毒だったな。跡目は倅が継ぐのかい」

伝三郎が手代に尋ねた。手代は「左様でございます」とすぐ答えた。

「市助若旦那が、四十九日が済みましたら正式に後を継がれます。喪が明けましてから、改めてご披露という段取りで」

手代の話し方からすると、跡目についての揉め事などはなさそうだ。そのとき奥が少しばかりざわめき、廊下の奥に目をやると、坊さんが出てくるところだった。

「金明寺のご住職様です」

手代が伝三郎に囁いた。伝三郎は頷き、住職のために道を空けた。表に出てきた六十過ぎと見える小柄な住職は、八丁堀役人がいるのに驚いたようだが、目礼だけして通り過ぎ、潜り戸から外に出た。後に続く親族や番頭たちも、伝三郎に頭を下げつつ、住職を送り出すため順に出て行った。

「さ、どうぞ」

皆が出たのを見計らい、手代が三人を奥座敷へ案内した。廊下には、線香の匂いが立ちこめている。おゆうはいつもより遠慮がちな足運びで進んで行った。途中、法要が済んだばかりの仏間に入り、揃って位牌に手を合わせた。付き従う手代が、恐縮して畳に手をついた。

仏間を出て客間に座ってから、しばらく待った。慌ただしく物音がしているので、住職の見送りから戻った若旦那や番頭が、伝三郎の前に出るのに喪服から着替えているのだろう。十分余り待つと、若者と年嵩の二人が、黒紋付姿で現れた。

「お待たせをいたしまして申し訳ございません。ちょうど初七日でございましたので」

年嵩の方がまず詫び、続いて若い方が挨拶した。

「平戸屋市左衛門の倅、市助でございます。先ほどはお参りまでいただいたようで、お気遣い誠にありがとうございます」

市助は二十歳前後らしい。優男風だが、物腰は丁重でしっかりしている。この男が、間もなく何代目かの市左衛門を襲名するわけだ。

「いや、こちらこそ法要のときに押しかけて済まねえ。だが、確かめたいことがあってな」

「と言われますと……主人市左衛門が亡くなりましたことについて、でございましょうか」

番頭の七兵衛と名乗った年嵩の方が、憂いを浮かべて問うた。

「うむ。何か気になることがあったか」

番頭の方から言い出したからには、死に様に引っ掛かりがあるのかもしれない。おゆうも興味を引かれた。

「気になることと申しますか……何しろ急でございましたので」

「確かに急だが、どんな様子だったんだ」

伝三郎に促された七兵衛は、ちらと市助に顔を向けた。市助は承知したというように目配せを返すと、伝三郎に向かって話し始めた。

「七日前の晩でございます。その日は、長唄の師匠をお招きしておりまして、奥で仕出しの料理をいただいたのです。師匠は五ツ（午後八時）前にお帰りになりましたが、一刻ほど経ちまして床に就こうというとき、父は気分がすぐれないと言い出しました」

「どのようにすぐれなかったのですか」

おゆうが聞いた。

「吐き気がすると言って、胸をさすり始めました。何かに当たったのでは、と聞きましたら首を傾げていたのですが、そのうちに脚や背中が痛いと」

そこで市助が無念そうに俯いた。

「急いで医者を呼べば良かったのですが、父は大事ないから騒ぎ立てるな、と申しました。それでこの七兵衛とも話しまして、朝になったら一番に医者に来てもらおうということに。ところが、夜中、たぶん丑の刻（午前二時）頃だったと思いますが、気になって様子を覗きに行きますと、父が胸を押さえて辛そうにしておりました。息が苦しいと」

おゆうは肩に力が入るのを感じた。やはり、河村と同じような症状だ。

「大急ぎで店の者を皆起こして、手代に医者を呼びにやりました。お医者はすぐに来てくれまして、夜通し手当ていただき、持ち直すかと思いましたが、明け方に息を引き取りました」

「お医者様のお診立ては」

「心の臓の発作、でございます。申しましたように初めは食あたりかと思いましたが、それなら胸が痛んだり苦しくなることはない、と言われました」

そこで伝三郎が言った。

「看取ったのは、どこの医者だ」

「音羽町（おとわちょう）の里井（さとい）瑛伯（えいはく）先生という、蘭方医です。まだお若いですが腕がいいと評判で、三年ほど前、母が亡くなりましたときからのお付き合いです」

唐物商だけに、というわけではなかろうが、掛かりつけは蘭方医か。本郷からは遠いので、さすがに伯全ではなかった。それにあっちは漢方医だ。共通性はない。その二人が同じ診断をした、というのは興味深い。

伝三郎が源七に目配せした。後で瑛伯の話を聞きに行け、ということだ。源七も目で頷いた。

「わかった。で、前の晩に取った仕出し料理は、どこの店からだ」

「はい、何度か使っております柳原岩井町の、菊松というお店で」

「何、菊松だと？」

伝三郎もおゆうも源七も、一斉に身を乗り出した。市助と七兵衛は、この反応にいささか面喰（めんくら）ったようだ。

「あの、菊松さんがどうかいたしましたか」

思わず河村の話を喋（しゃべ）りそうになったが、ここではまだ言うべきでないと、何とか止めた。

「いや、旦那は菊松を何度か使っていたと言ったな。誰と一緒だったか、聞いてるか」

「ああ、はい。南茅場町の廻船問屋、玄海屋さんと、よく。玄海屋さんからは、長崎からの唐物をお世話いただいていますので。他にもご一緒の方がおられたと思いますが、どなたかは聞いておりません」

伝三郎は、そうか、とだけ言った。頭の中で考えていることは、おゆうと同じだろう。平戸屋と玄海屋は、菊松で度々会合を持っていたのだ。玄海屋作右衛門は、なぜそのことを言わなかったのか。他のご一緒の方、というのは河村ではなかったのか。

「念のために聞くが、一緒に仕出しを食べたのは、長唄の師匠だけか」

「いえ、私もお相伴しました」

市助が言った。顔に当惑が見える。

「一時は食あたりを疑ったと言ったが、お前さんは何ともなかったんだな」

「はい。それで、父が食べたものだけが悪かったのかと思いました。菊松さんの料理を疑って、申し訳なかったと思います」

　そこでおゆうはふと気付き、問いかけた。

「あの、父が食べたものだけ、とおっしゃいましたが、市左衛門さんと師匠とあなたが食べられた料理は、全く同じものではなかったのですか」

「え？　はい、そうです。父は何故かそら豆が苦手でして、代わりに茄子田楽を。これは好んでおりました」

「じゃあ、あなたと師匠はそら豆を、市左衛門さんだけが茄子を食べられたのですね」

「はい、左様でございます」

　この情報は、気になった。今のところ、死因に食べ物が関係しているという証拠はないのだが。

「ふむ、わかった。取り込み中に悪かったな」

　伝三郎はそこで話を終え、また何か聞きに来るかもしれないから、と言い置いて平戸屋を出た。市助も七兵衛も、伝三郎の考えを読めないのか、どこか釈然としない様子で見送っていた。

　日本橋通りに出るところで、源七が聞いた。

「旦那、次はどこへ」

「決まってるだろ。菊松だ」

でしょうね、と源七はニヤリとしながら頷いた。

座敷に呼び出された菊松の板長は、話を聞くなり顔を真っ赤にした。

「料理のせいで心の臓が？　とんでもねえ」

板長は、口角泡を飛ばしながら、食材にも調理にも、格段の注意を払って仕事をしていると述べ立てた。

「悪くなったものなんざ、一切出していやせんぜ。毒のあるもの？　冗談じゃねえ。その見分けもつかずに、これだけの料理屋で板前が務まるもんか」

「何だその……たまたまそのお人の体にとって、悪かったものってのもあるんじゃねえのかと」

珍しく気後れした様子の源七が、尋ねた。確かに特定のアレルギーを持っていた、ということも考えられなくはない。しかしたまたま二人も、というのは……。

「うちは一見の客は入れねえ。客の好みはわかってる。初めての客ならこっちも気を遣うが、そうじゃねえんだ。今までにも同じものを出してるのに、妙なことになったなんて、一度もなかった」

どうにも収まらないらしく、プライドにかけて、という調子で板長は力説する。伝三郎までもが、たじろいでいた。

おゆうも少々困惑していた。心臓発作を引き起こすような食材など、思い付かないのだ。心臓に悪い食べ物と言えば、フライドチキンとかステーキのような高コレステロールのものを思い浮かべるが、江戸では無縁だ。和食がヘルシーだというのは、ちゃんと故あってのことである。それに、あくまで長期にわたる影響であって、食べていきなり心臓が、なんて話にはならない。

「あの……平戸屋さんに仕出しした茄子田楽ですけど……」

おゆうが言い終わらないうちに板長が嚙(か)みついた。

「茄子がどうしたってんだい。腐ってもいねえ茄子で食あたりなんて、聞いたことがねえ。まして、死ぬわけがあるかい」

ですよねえ。

「ああ、もうわかった。下がっていい」

伝三郎も降参した。まだ憤然としている板長は、主人の五郎兵衛に宥(なだ)められながら、足音荒く座敷を出て行った。

「申し訳ございません。腕はいいのですが、気性が真(ま)っ直(す)ぐなもので」

五郎兵衛は恐縮しつつも半ば苦笑しながら、言った。

「料理が悪くなかった、てのは嫌ってほどわかったよ」

伝三郎も苦笑を返した。板長のあの態度を見る限り、菊松の板前が毒殺を謀(はか)った、と疑うのも難しそうだ。

「念のため聞くが、板長の下にいる板前は、みんな腕は確かかい。新参の者はいねえのか」

「はい。皆、板長が仕込んだ連中で、一番下の者も二年前からここにおります」

「みんな信用できるんだな」

「もちろんでございます」

五郎兵衛が請け合ったので、板場の話はそこまでになった。

「ところで五郎兵衛」

伝三郎の口調が変わった。

「お前さん、どうして河村様と平戸屋と玄海屋が一緒に会ってたことを、隠したんだ」

「えっ」

五郎兵衛はたちまち顔色を変えた。おゆうは、相手に見えないようにニヤリと笑った。三人が同席していた、という確証はまだない。伝三郎がカマをかけたのだ。五郎兵衛は引っ掛かったようだ。

「そ、それは……」

申し開きを考えてか口籠(くちごも)ったが、伝三郎は畳みかける。

「お前が隠さなきゃいけねえ理由はねえはずだ。何故言わなかったか、ちゃんと話せ。

次第によっちゃァ、ただじゃ済まねえかもしれんぞ」

「お、恐れ入りました」

五郎兵衛は青ざめたまま、平伏した。

「河村様から、きつく口止めされていたのでございます」

「ほう、河村様が、ねえ」

伝三郎は、おゆうと源七にちらりと目を向けた。どうだい、いかにも怪しいだろうと言いたげだ。源七が心得て、五郎兵衛をじろりと睨む。

「てことは、河村様と玄海屋が会ってたことも、本当は内緒にしておきたかったんだな。まあ、こうなっちゃ無理な話だが」

源七はつるりと顎を撫(な)でてから、迫った。

「五郎兵衛旦那、そのお三方は、ここでどんな話をしてたんだい。隠したりすると、ためにならねえぜ」

「いえ、お話の中身までは、とんとわかりません。お食事の後は人払いをなさいまして、誰も近付けませんでしたので」

五郎兵衛は懸命に弁解している。本当に何も聞いていなかったのだろう。しかし、そうまで隠したい密談となると、どうにもきな臭い。

「あんただって、こそこそ何をやってるのか知りたかっただろうによ」

「そう言われましても、本当に聞いておりません。女中が座敷に近付かぬよう、帳場で見張っておりましたくらいで」

「聞いてなかったにしても、何の話か見当ぐらい付けてたんじゃねえのかい」

「いえ、廻船問屋のご主人と唐物商のご主人ですから、商いの話だろうとは思いましたが」

　源七がしつこく攻めても、五郎兵衛は首を振るばかりだった。

「聞いてねえなら仕方ねえ。三人が会ってたのは、いつ頃から何度くらいだ」

　質問が変わって、五郎兵衛はほっとしたようだ。帳面を出しますと言って座を立った。念のため、源七がついて行った。証拠隠滅や改竄の可能性がゼロではないからだ。三分と経たずに五郎兵衛は帳面を持って戻ってきた。一緒に戻った源七が、何事もなかったと伝三郎に目で告げた。伝三郎は軽く頷いて、五郎兵衛に目を戻した。五郎兵衛は伝三郎の前で膝をつき、開いた帳面を示した。

「最初は去年の長月でございますな。これこの通りです。それから二月に一度、お揃いになりました」

「二月ごとの何日、とは決まってたのか」

「ご都合もおありでしょうから、全て同じ日ではございませんが、だいたい二十日前後でした。お帰りのときに、次は何月の何日に、とお決めで、手前どもはそれを伺ってお部屋を整え、お待ちしておりました」

「河村様が亡くなったときの玄海屋さんとの会合は、常とは違うものだったのですね」

おゆうが聞くと、五郎兵衛はそうだと答えた。

「当日の昼に使いを寄越されて、晩に席を用意してほしいと。今までになかったことです」

平戸屋の急死を受けて、臨時の会合を持ったようだ。それを見越した誰かに狙われたのだろうか。

「それじゃあ、その前の会合の帰りにも、次はいつ、と言い置いていったんだな」

「左様でございます。次は文月の二十一日と伺っておりました」

そこで五郎兵衛の目が泳いだ。伝三郎は見逃さなかった。

「何だ。次の会合に何かあるのか」

「あ……はい」

五郎兵衛は慌てて言い足した。

「次の会では、もうお一方来るかもしれないので、そのつもりで用意してくれ、と」

「もう一人？」

伝三郎の眉が上がる。

「そいつは誰だか、聞かなかったのか」

「はい。お人払いまでなさる会合ですから、お聞きしてもその場ではお答えいただけないと思いまして。当日になればわかることですし」

五郎兵衛の立場では、不用意に詮索できなかったのだろう。まあ仕方あるまい。結局、五郎兵衛からはそれ以上聞き出せなかったので、三人は諦めて菊松を後にした。既に日はだいぶ傾いている。

「なんだか、どんどん怪しくなってきますね」

通りに人影が少ないのを確かめて、おゆうは伝三郎に話しかけた。

「ああ。人払いに口止めとは、物々しいじゃねえか」

伝三郎も、面白くなったという風に応じた。敢えて言わないまでも、三人ともが抜け荷のことを考えているのは明らかだ。

「こうなると、玄海屋の口を割らせるしかありやせんね」

源七が勢い込んで言った。

「うむ。お前にゃ、瑛伯って医者の方を当たってもらおうと思ったが、こいつはやっぱり三人で玄海屋を追い込んだ方が良さそうだ。明日朝、乗り込むとするか」

おゆうと源七は、承知しました、とすぐに返事した。

四

翌朝、伝三郎とおゆうと源七は、一旦馬喰町の番屋に集まってから、南茅場町目指して出発した。伝三郎と源七の顔を見ると、ずいぶん引き締まっている。もし抜け荷が絡んでいるなら、今日にも口を割らせずにおくものか、と意気込んでいるのだ。おゆうも唇を引き結び、ぐっと顎を引いた。通りの真ん中を進んで行くと、勢いを感じ取ってか、通行人が皆、道を譲った。

ところが南茅場町に来てみると、予期せぬ光景が待っていた。玄海屋の店先に人が群れ、半円状に取り囲んでいる。見たところ、二、三十人はいるようだ。商家の手代風、職人風、近所のおかみさん風と、様々な取り合わせで、どう見ても客ではない。おゆうたちは、何事かと駆け寄った。

人垣の向こうに女が一人、立っていた。巫女(みこ)姿で、額には金の飾りのついた鉢巻を巻いている。年の頃は二十六、七、いやもう少し上か。左手には杖(つえ)、右手には榊(さかき)の枝を持ち、何やら玄海屋に向かって大声で怒鳴っていた。一瞬、モンスターカスタマーの類いかと思ったが、廻船問屋でそれはないだろう。

「数々の悪行を見よ。神は見ておられる。決して許すまいぞ。必ずや恐ろしい災いが降って来よう。これ全て、悪行の報いじゃ。天罰と心得、思い知るがよい」

女は繰り返し、そんなことを叫んだ。何なんだコイツは。嫌がらせ？　新興宗教の過激派？　キリスト教原理主義者？　いや、江戸じゃあり得ないか。

唖然としていると、伝三郎が十手を振りかざし、「おい、どけ。道を空けろ」と野次馬たちに怒鳴った。八丁堀役人を見た有象無象たちは、驚いて一歩下がった。おゆうと源七も伝三郎に続き、人垣を抜けて女の前に出た。

「おい、何だお前は。ここで何してる」

伝三郎が十手を突きつけると、女はゆっくり振り向いた。意外と言うべきか、顔を見るとなかなかの美形だ。ただ化粧が濃く、黒で縁どられた目は眼光鋭い。巫女にしては妙に婀娜っぽかった。

「町方役人か。お前たちの出る幕ではない。これは天なる神のご意思じゃ」

何ですって？　ますます危ない新興宗教みたいじゃない。おゆうが呆れていると、源七が憤然として前に出た。

「やい、妙な格好で妙な言いがかりをつけやがって。お前、どこのどいつだ」

女は、小馬鹿にしたような薄笑いを浮かべた。

「わらわは、蜻蛉御前と呼ばれておる」

それを聞いた取り巻きの衆から、小さなざわめきが起こった。知っている者がいるらしい。

「そのカゲロウが、どういうつもりだ。玄海屋の悪行がどうのと言ってやがったな。ありゃあ、どういうことだ。何を知ってやがる」

女は、ふんと鼻を鳴らした。

「目を開けておれば、わかるはずであろう。それでも目明しか」

「何だとこのアマ」

源七の顔が真っ赤になった。鼻先に十手を突き出す。

「ふざけやがって。番屋でゆっくり話を聞こうじゃねえか」

「番屋だと」

女はまた、鼻で嗤った。

「不浄役人に用はない」

「何ぃ」

源七は女の腕を摑もうとした。が、伸ばした腕は空を切った。あれっと目を瞬くと、女は身を翻し、いつの間にか人垣の外に出ていた。

「待ちやがれ、この……」

源七が立ち直って追いすがろうとしたときには、女はもう先の角まで進んでいた。半端ない身のこなしだ。野次馬の中から、失笑が聞こえた。笑ったのはどいつだ、とばかりに源七がいかつい顔をさらに歪め、睨み回す。何人かが、知らんぷりで背を向けた。

「今は放っときましょう、源七親分」

おゆうは鼻息を荒くする源七の肩に手を置いた。それで源七も気を落ち着けたようだ。吐き出すように言った。

「いったい何なんだ、あのアマは」

「尼じゃなくて巫女ですけど」

「まぜっかえすなよ。畜生め、あいつ御上を舐めてやがるな」

「蜻蛉御前、と言ってたな」

後ろから伝三郎が言った。

「旦那、ご存じですかい」

「いいや。だが、あんな目立つ女なら調べりゃすぐわかる。引っ張るとしても、後でいい」

伝三郎は、玄海屋の暖簾を顎で示した。

「今はこっちが先だ。あの女の心当たりも、聞かねえとな」

伝三郎は野次馬たちに向かって、さっさと散れと十手を振った。野次馬は三々五々、離れて行った。誰もいなくなったのを見届け、伝三郎は暖簾をくぐった。源七はもう一度、口惜しそうに蜻蛉御前が消えた方を睨みつけてから、後に続いた。

「昨日に続いてのお運び、恐れ入ります」

玄海屋作右衛門は、連日の来訪に驚いたろうが、さすがに大店の主、態度には表さなかった。

「うむ。立て続けで何だが、確かめなきゃならねえことができてな」

「はい、どのようなことでございましょう」

「菊松では、河村様だけじゃなく平戸屋も入れて、三人で二月ごとに会っていたそうだな。昨日は何故、それを言わなかった」

作右衛門は、はっとしたように肩を強張らせた。が、予想はしていたのだろう。申し訳ございません、と頭を下げた。

「隠すつもりではなかったのですが、平戸屋さんと菊松で会ったか、とはお尋ねになりませんでしたので……」

おゆうは昨日の質問を思い返した。確かに、平戸屋を知っているかとは聞いたが、菊松で会ったかとか、三人で会ったかという聞き方はしなかった。しかし、だから告げなかったというのは詭弁（きべん）だろう。伝三郎も不快そうにしている。

「そうかい。で、三人でどんな話をしていたんだ」

「それは、商いのことや長崎のことについて、様々にお話はございまして」

「商いのことなら、河村様が同席するのは筋違いじゃねえのか」

「河村様は長崎のお勤めが長く、阿蘭陀商館との取引や唐物商いについてご見識が深いお方なので、いろいろとご助言を賜っておりました」

「ご助言、ねえ」

伝三郎はわざとらしく首を傾げる。

「河村様が長崎奉行所におられたのは、二年かそこらだ。お勤めが長い、と言えるかねえ」

「いや、それは……それくらいの年月でも、長崎で勤められたお方は江戸にはそうおられませんので」

「ふうん。だがそういう話なら、人払いしたり口止めしたりするこたァねえと思うがね」

ちょっと苦しい言い訳だね、とおゆうは思った。伝三郎も、同様らしい。

伝三郎の口調がきつくなった。作右衛門は、微妙に目を逸らしている。

「い、いやそれは、御公儀の御役についたお方ですから、手前どもと何度も会っていて、世間の方々に変に誤解されても申し訳ないと」

これまた苦しい答えだ。今の世は賄賂全盛、接待なんか当たり前。長崎奉行所でそここの役に就いていただけの河村を何度も飲み食いに誘ったぐらいで、世間がどうこう言うわけがない。

「河村様は今は無役だったんだぜ。何を気にする必要がある」

伝三郎が突くと、作右衛門は何も言い返さなかった。そこで伝三郎の視線がおゆうに向いた。おゆうはすぐ察して、違う方向から入った。

「今しがた、表に蜻蛉御前という巫女らしい人が来て、玄海屋さんの悪行に罰が下る、などとしきりに唱えていましたけど、ご承知でしたか」

いきなり話が変わり、作右衛門は戸惑いを浮かべた。

「ああ、はい。声は聞こえてはおりましたが、とんでもない言いがかりです。追い払っていただいたようで、御礼が遅くなりました。ありがとうございました」

取り繕うように作右衛門が頭を下げた。おゆうは続けて迫る。

「悪行とは何を指すのか、お心当たりは」

「えっ、とんでもない。後ろ指を指されるような商いは、しておりません」

作右衛門の返事は、思ったより強かった。

「そうですか。でも、商いとは限らないのかもしれませんね。如何（いかが）です」

「いえ、商い以外でも、悪行などと言われることはいたしておりません」

作右衛門は、再びきっぱりと言った。

「では、蜻蛉御前はどういう意味で言ったのだと思われますか」

「いや、それは。まるで見当がつきません」

答える作右衛門を見て、おゆうは「おや」と思った。どうも本当に困惑しているようだ。言う通り心当たりがないのか、蜻蛉御前が来たことが意外なのか、どちらだろう。

「蜻蛉御前がこちらに来たことは、今までにありましたか」

「いいえ。蜻蛉御前という名も今初めて聞きました。いったい何者なのですか」

「さあ何者でしょう。玄海屋さんの事情に通じているように思えましたが、本当にご存じないのですか。三十前くらいの女で、ちょっとした美人ですが」

「いや、顔を見ていませんので何とも。しかし巫女の知り合いはおりません」

作右衛門が捨てた昔の女、とでもなると面白いのだが、作右衛門の反応を見る限り、それはなさそうだった。この線はこれまで、とおゆうは伝三郎に視線を送った。伝三郎は視線を受け止め、次の問いを放った。

「菊松で聞いたところ、お前さんたちは次の会合で、もう一人呼ぶことになっていたそうだな。そいつは誰だ」

「もう一人、でございますか」

作右衛門は鸚鵡（おうむ）返しに言った。それは、動揺の証しと思えた。

「菊松のご主人が、そう言ったのですか」

「ああ。河村様が、次はもう一人来るってぇ話をしていったそうだ」

「左様でございますか。河村様が」

作右衛門の顔に、しまったというような表情が浮かんだ。

「河村様がどなたをお呼びになるつもりだったか、手前は存じませんが……」

「玄海屋さん、誤魔化しはお止しなせえ」

苛立ってきたらしい源七が言った。

「河村様が次はもう一人、と五郎兵衛さんに言ったとき、あんたも平戸屋さんもいたはずだ。そのお相手は、知らねえふりをしなきゃなんねえようなお人なんですかい」

「いや、そのようなことは……」

なおも言い逃れようとする作右衛門に、源七は鬼瓦のような顔を近付けた。

「玄海屋の旦那。いくら人払いしたって、料理屋の女中や下働きは、よくものを見てるんだ。一人ずつ順に聞き質しゃ、何かしら出てくる。菊松以外でも、あんたがどこで誰に会ったか、俺たちがその気になりゃ、探り出すこたァできるんだ。こちとら、それで飯を食ってるんでね。隠し通そうったって、思うようには行きやせんぜ」

駄目を押すように言った。作右衛門はしばし呆然としたように黙っていたが、やがて肩を落とし、大きな溜息をついた。

「話す気になったかい」

伝三郎が声音を穏やかにして言った。だが作右衛門はまだ躊躇いを見せ、それから意を決したように顔を上げた。

「明日。明日までお待ちください」

「明日？　何故だ。今ここで言ったって良かろう」

「どうかお願いします。手前だけのことではないのです」

「それは、菊松で会うはずのもう一人のお方、のことですか」

おゆうが質したが、作右衛門はそれには答えなかった。ただ伝三郎の方を向いて、

「何卒明日まで」と畳に手をついた。源七は、どうします、とばかりに困った顔で伝三郎を窺った。

「そうか。明日、だな」

伝三郎が念を押すと、作右衛門は頭を伏せたまま、「誓いまして、明日」と答えた。伝三郎は、「わかった」と言うと、おゆうと源七に頷きかけて立ち上がった。

「明日、同じ刻限に来る。そのときには、きちんと全部話してもらうぜ」

「畏まりました」

伝三郎を見上げて、作右衛門は言った。その様子に、嘘や誤魔化しはないように思

えた。

玄海屋を出た三人は、再び馬喰町の番屋へ向かった。

「やっぱりしょっぴいて全部喋らせた方が、良かったんじゃありやせんかい。これから誰かと口裏を合わせるつもりかもしれねえ」

道々、源七は当然浮かぶ懸念を口にした。

「いや、あれだけの大店の主人をしょっぴいたら、騒ぎになっちまう。戸山様からは、内々に調べろと言われてるんだ。それはまずい」

伝三郎の言うのもまた、もっともだ。源七は、うーんと唸った。

「黙って明日を待ちやすか」

「黙って、というわけじゃねえ。番屋に着いたら、お前の手下を呼べ。玄海屋に張り付かせて、明日までに誰と会うか、誰かに使いを出すか、きっちり見張らせろ」

合点です、と源七は手を叩いた。

「誰かと会うようなら、盗み聞きさせやしょう」

「ばれても面倒だ。無理はさせなくていい。会った相手の素性は突き止めるよう言っとけ」

「そりゃあもちろんで」

「よし、お前は瑛伯の方だ。平戸屋についての診立てを確かめてこい」

源七が「へい」と応じたところで、おゆうも手を上げた。

「私も行っていいですか」

「うん？　ああ、そりゃいいが、瑛伯に何か気になることでもあるのかい」

「いえ、蘭方医ってどんな感じなのかと。ただそれだけですけど」

おゆうが今まで関わったのは、漢方医ばかりだった。江戸の蘭方医もだいぶ増えてきているとはいえ、この時代、まだまだ主流は漢方である。

「そうかい。じゃあ、昼飯の後で一緒に行くか」

源七は快く承知した。


音羽町の里井瑛伯の自宅兼診療所は、思ったよりはこぢんまりしていた。日本橋通りに近い賑(にぎ)やかな界隈だから、大きな場所が得られなかったのかもしれない。店賃もだいぶ高いのではないか。

「伯全のところに比べりゃ、半分もねえな。こんな建て込んだところじゃなく、小石(こいし)川(かわ)なり深川(ふかがわ)なり、もっと広いもんが建てられるところに行きゃいいのに」

四間ほどしかない表構えを見て、源七が言った。

「逆にこの辺じゃお店ばっかで、お医者は少ないでしょう。黙ってても流行(はや)るんじゃないですか」

間断なく出入りする患者らしき人たちを指しておゆうが言うと、それもそうかと源七も同意した。

中に入ろうとすると、弟子か下働きらしい若い男が上がり框に出てきて、「相済みません。今日は混んでおりまして……」と言いかけ、二人の十手を見て口を押さえた。

「どうも、親分さんでしたか。もしや、御上の御用で」

「おう、そうだ。瑛伯先生に会いてえんだが」

「畏まりました。どうぞこちらへ」

男はおゆうたちを上がらせ、四人ばかり患者が待っている部屋を抜け、奥に通した。そこが診察室のようで、真ん中に白衣を着た瑛伯が座り、ちょうど患者の腕に包帯を巻き終えたところだった。

「先生、親分さんがたが」

男が告げると、瑛伯は意外そうな顔でこちらを向いた。おゆうの顔と十手を見比べ、ちょっと目を見開く。患者は空気を察してか、慌ただしく瑛伯に礼を言うと出て行った。

「邪魔してすいやせんね。あっしは馬喰町の源七ってもんで。こっちの姐さんは、東馬喰町のおゆうさんで」

「ご苦労様です。里井瑛伯です」

瑛伯は三十少し前くらいだろうか。開業医としては若い方だろう。総髪にした顔は端正で明るく、いかにも有能そうに見えた。

「女親分さんにお会いするのは初めてです。しかもこんな綺麗な方とは」

「あら、お上手ですね」

お愛想だろうとは思うが、つい微笑む。

「私も、蘭方医の方にお会いするのは初めてです」

言いながら、さっと診察室を見渡す。小抽斗の多い薬用の棚などは漢方医の部屋と同様だが、メスなどの外科用器具の入った箱や、長崎からの舶来品らしい薬瓶が目新しい。壁に貼った人体図には、鍼のツボではなく、内臓の配置が描かれていた。

「そうですか。今では蘭方も特に珍しいものではないですから」

瑛伯は人体図を示しながら笑った。源七は、変に感心したようにそれを見ている。

「先生は怪我などの治療がご専門ですか」

蘭方医は外科が多いので、聞いてみる。内科が専門外なら、平戸屋の死亡時に誤診があった可能性も考慮しなくては、と思ったのだ。

「ああ、はい。そちらから始めましたが、今は内の病の方も多く診ております」

瑛伯は手を伸ばし、棚から一冊の本を取って開くと、おゆうたちに示した。

「このようなもので、日々勉強は続けております」

　本の見開きに、「宇田川玄随著　和蘭翻訳　内科撰要」とあった。オランダ語からの訳本で、権威あるものらしい。勉強熱心な先生で、内科の経験も積んでいるようだ。取り敢えず、誤診は考えなくていいだろう。

「それで今日は、どのようなお話でしょう」

「はい、平戸屋さんが七日前に亡くなったときのことです。瑛伯先生が、看取られたのですね」

「ああ、そのことですか」

　瑛伯は笑みを消した。

「夜中に平戸屋の手代の方が駆け込んで来られて、ご主人が苦しんでいるとのことで、すぐに駆け付けました。行ってみると市左衛門さんは布団に寝ておられて、顔色は真っ青で汗も出ていました。なんとかお話はできる様子でしたので直に聞きましたら、強い吐き気と下痢があり、体のあちこちが痛み、胸が苦しいと」

「先生は何だと思われやしたかい」

　源七が聞くと、瑛伯はすぐに、心臓だろうと思った、と言った。

「胸が締め付けられるのは、心臓の発作です。いわゆる癪の一つですね。これは安静にする以外、すぐに効くような治療はないのですが」

狭心症のような虚血性発作なら、ニトログリセリンを使うところだろうが、即効性のある心臓病の薬は、江戸にはまだないようだ。

「癪にもいろいろあるのですね」

おゆうが聞くと、そうですと瑛伯は答えた。

「一括り(ひとくく)りに癪と言っていますが、胸や腹の痛みには様々な理由がありますから」

へええ、と源七が唸った。

「さすがに蘭方の先生は、言うことが違いやすね」

「いや、そんな大層なことではないんですが」

瑛伯は苦笑した。

「しかし、心臓が悪くなって下痢というのはおかしいですから、食あたりか何かが引き金になって心臓の発作に繋がったのかもしれないと思い、胃腸の薬を差し上げました。その後、少し落ち着いていたようだったのですが、明け方近くにまた吐き気と痛みが酷(ひど)くなり、水を飲ませるぐらいしかできぬままに亡くなりました」

瑛伯は、残念ですと頭を下げた。

「では、亡くなったのは心の臓のせい、ということですね」

おゆうが確かめると、瑛伯は「そうです」とはっきり肯定した。

「実は平戸屋さんが亡くなって二日後に、平戸屋さんとお親しかった御旗本で、河村様というお方が亡くなっています。亡くなったときのご様子は、ほとんど平戸屋さんと同じでした」

「えっ」

さすがに瑛伯は驚きを露わにした。

「それはまた……その方のお医者は、何と言っていますか」

「漢方のお医者なのですが、先生とほぼ同じお診立てです」

「ははあ。やはり心臓が、ということですか。ふむ」

瑛伯は腕組みして首を捻った。

「お知り合いが立て続けに同じような亡くなり方をした、と。なるほど、親分さん方がお調べになっているのは、それがご不審なわけですね」

「まあ、そんなようなところで」

内々に、と何度も言われているからか、源七は曖昧に濁した。

「河村様を診たのは伯全というお人ですが、ご存じでしょうか」

おゆうは念のため聞いてみたが、瑛伯は知らないと答えた。

「江戸には万を超える医師がおられますからねえ」

瑛伯は、知らなくて当然のように言った。同じ伯という字を使っているのでもしや、と思ったが、別に珍しくもないらしい。考え過ぎだったか、とおゆうは次の質問に移った。

「平戸屋さんも河村様も、亡くなる前に同じ店の料理を食べておいででした。これについては、どう思われますか」

「同じ店の料理を？」

瑛伯は眉をひそめた。

「料理も同じだったのですか。或いは、同じ食材を使っていたのですか」

「いえ、全く同じではありません。たぶん、食材も違います」

少なくとも、河村の膳に市左衛門のとき問題になった茄子は、使われていなかった。

「そうですか。同じものがあれば、それを調べてみれば何かわかるかもしれませんが……そうでないとなれば、釈然とはしませんが、たまたま、と言うしかありませんね」

やはりそうなるか。わかりましたとおゆうは言って、この話を取り下げた。強いて言うなら、醤油、塩、天婦羅に使った小麦粉や油などは共通だろうが、それが河村と市左衛門だけに影響を与えたとは考え難かった。

背中に視線を感じて、振り向いた。待合室から様子を窺っていたらしい患者たちが、慌てて顔を引っ込めるのが見えた。どうやら潮時らしい。

「どうもお忙しいところ、お手間を取らせました」

おゆうと源七は診察を止めた詫びを言って、瑛伯の診療所を出た。

「いやあ、蘭方の先生ってのは、なかなか大したもんだなあ」

馬喰町へ帰る道すがら、源七は瑛伯をしきりに持ち上げていた。念のため来合わせていた患者を表で摑まえ、瑛伯の評判を聞いてみたのだが、面倒見がいい先生だと皆が褒めていた。

「あの威張りくさった伯全とは、えれぇ違いだ。懇切丁寧、わかりやすいじゃねえか。医者ってのは、ああでなくちゃいけねえ」

伯全の態度が余程気に食わなかったらしく、その反動だろう。俺も何かあったら、この先生にかかるか、などと言っている。

「診てもらいに来てた婆さんが言ってたろう。近所で世話してた犬が急に具合が悪くなったときも、犬なんか診れるかって邪険にするのが当たり前なのに、ちゃんと最期まで看取ってやったって話だぜ。なかなかできるこっちゃねえや」

「ええ、いい先生みたいでしたね。あれなら流行ってるのもわかります」

おゆうも偉ぶらない瑛伯には好感が持てた。

「とにかくこれで、平戸屋さんと河村様の亡くなった様子は同じ、と言い切って構わないでしょう。いったい何があったんでしょうね」

「今さら何だい。菊松の料理に毒を入れた奴がいるってことだろ」

「でも、どんな毒です。石見銀山(いわみぎんざん)ですか、附子(ぶす)ですか」

「それは……だな」

源七は口籠った。言い出したものの、深い考えはないようだ。

「ちょっと違うんじゃないですかねえ」

おゆうも最初、そういう考えを抱いた。だが江戸での事件捜査のおかげで、多少はこれらの毒物については知っている。石見銀山、即ちヒ素による中毒でも、附子、即ちアコニチンでも、嘔吐、下痢、不整脈などは起きるし、致死量を超えて摂取すれば数時間で死ぬこともある。だが今回は、どちらとも似たところはあるものの、微妙に一致しない気がした。

「石見銀山や附子なら、お医者がまず気付くんじゃないですか」

「うーん、どうかな……」

源七は自信をなくしたようだ。何か他の、と言いかけたものの、黙ってしまった。おゆうも江戸で使われる毒と言えば、その二つくらいしか思いつかない。化学的な化合物は、まだ存在していないのだ。

「毒じゃねえとしたら何だ。蜻蛉御前の言ってた、天罰ってやつかい」

考えあぐねたらしい源七が、そんなことを言った。

激しく戸を叩く音で、おゆうは目を覚ました。何の騒ぎよもう、と寝ぼけ眼で悪態をつく。ふらふら起き上がって、雨戸を細めに開けてみたが、外はまだ暗い。明け六ツ（午前六時）前だろうか。

頭を振りながら、何なのと問いかけようとしたとき、はっきり声が聞こえた。

「姐さん、姐さん、起きて下さい。あっしです」

下っ引きの藤吉の声だ。それに気付いてようやく頭がはっきりしてきた。藤吉は伝三郎と源七に言われて、玄海屋を見張っていたのではなかったか。

「藤吉さんなの？　どうしたのよ」

大声で問うと、上ずった答えが返ってきた。

「大変です。すぐに来て下さい」

「何がどう大変なのよ！」

苛立って怒鳴ったが、次の言葉を聞いて愕然（がくぜん）とした。

「玄海屋の旦那が死にやした。夜中の八ツ半（午前三時）頃です」

第二章　腑分けは禁じ手

五

藤吉と一緒に夜明け前の町を走って玄海屋に着き、大戸を叩くと、すぐに潜り戸が開いて、手代とは違う若い男が顔を出した。おゆうもお馴染みの、源七のもう一人の下っ引き、千太(せんた)だ。

「あ、姐さん、ご苦労さんです。旦那は奥で」

南茅場町から八丁堀は目と鼻の先なので、玄海屋が医者を呼んだのに気付いた藤吉たちが、伝三郎にすぐ知らせたようだ。おゆうは頷き、千太の案内で奥に進んだ。

昨日通された客間の脇を通り過ぎ、裏手の部屋に入った。そこが主人の寝室で、八畳の真ん中に敷かれた布団に、顔に白い布を被(かぶ)せられた遺体が横たえられていた。店の者三人ほどと伝三郎と源七が、その周りを囲んで座っている。

「おう、おゆう、来たか。見ての通りだ」

伝三郎はおゆうの方を向き、無念そうに言った。明日と言うのを承知せず、昨日のうちに無理にも話させておけば、と後悔しているのがありありとわかる。

「何があったんですか」

おゆうが聞くと、伝三郎は遺体を挟んで反対側に座る、二十五、六の男に目で促した。沈痛な面持ちの男は、わかりましたというように頭を下げ、おゆうに挨拶した。

「手前は作右衛門の倅で、太一郎と申します。本日はご苦労様です」

父親の急死にショックを受けているようで、顔は青ざめ、生気が抜けたようだ。それでも自分がこの店の責任者になったのだ、という自覚があるのか、ぐっと顔を上げると昨夜の次第を話し始めた。

「昨夜、父は浅草西仲町の亀屋という料理屋に参りました。誰と会うのかは申しませんでしたが、先ほど店の者に確かめましたところ、蔵前の札差、朝倉屋さんに使いを出していたことがわかりました」

「ではその、亀屋で朝倉屋さんと夕餉をされたのですね」

亀屋はおゆうも知っていた。江戸でも指折りの大型料亭で、客と従業員を合わせれば、毎晩百人以上が出入りしている。大勢に紛れて目立たないよう、そこを選んだのかもしれない。

「はい、そうだと思います」

おゆうは振り返って、後ろに控える千太と藤吉に「間違いないね」と確かめた。二人は昨日の午後から、ずっと玄海屋を見張っていたので、作右衛門が亀屋に行ったときも尾けて行ったはずだ。千太も藤吉も、すぐに揃って「間違いありやせん」と答えた。

「朝倉屋さんとは、以前からのお付き合いですか」

「左様でございます。ただ、商いでのお付き合いではございませんで、趣味の書画の方を」

「書画、ですか。ご自身で描かれる方ですか、それとも名のある書家や画家の作をお集めに？」

「朝倉屋さんは書も嗜まれると伺っておりますが、父は専ら集める方でした」

太一郎は床の間を指した。そこには、一幅の軸が掛かっている。山奥の庵に仙人みたいな人がいる中国風の絵の右上側に、字が書かれている。おゆうには全く読めない流麗な書体だ。太一郎が言うには、讃だそうだ。さん、って何だっけとは格好悪くて聞けないので、後でネットで調べることにして受け流した。

「高いものなんでしょうねェ」

場の空気を無視するように、源七が聞いた。

「二百両ほどでございます」

源七は目を剝いたが、伝三郎とおゆうに睨まれて首を竦め、黙った。

「昨夜も、書画のお話だったのでしょうか」

おそらくそうではあるまい、と思ったが、太一郎も違和感があったようだ。

「それにしてはずいぶん急なことでしたが。でも、他の用事というと思い当たるものがございません」

「そうですか……。それで、戻られたのはいつです」

「五ツ（午後八時）過ぎ頃でございます。駕籠で戻ったのですが、ひどく気分が良くないように見えましたので、駕籠の揺れが酷かったのかと思いましたが……」

「もう少し詳しくお願いします。どんなご様子でしたか」

「はい。吐き気があるようでした。亀屋さんには何度も行っておりますが、料理が合わなかったようなことは一度もなかったので、余程疲れているか、気の重くなることでもあったのかと心配になりまして」

そこで太一郎は、窺うように伝三郎とおゆうを見た。たぶん、昨日二人が訪れてから作右衛門の様子が変わったので、どんな話があったのか知りたいのだろう。まだ迂闊には教えられないため、二人とも黙っていると、太一郎は先を続けた。

「戻って半刻もしないうちに、もう寝ると言いまして。普段はもう少し遅くまで帳面などを見ているのですが、これはだいぶ具合が良くないのだろうと思いました。私もすぐに寝たのですが、しばらくして父の寝間で音がするので、どうしたのかと襖を開けてみますと、胸が苦しいという声が。大急ぎで行灯を灯しましたら、父が胸を押さえて、起き上がっておりました。驚いて医者を呼ばせたのですが」

太一郎はそこで肩を落とし、言葉を詰まらせた。伝三郎が後を続けた。

「俺が着いたときには、もう話もできねえ有様でな」

言ってから伝三郎は唇を噛む。太一郎が震える声で呟いた。

「夕方までは普段通り元気でしたのに……」

「よし、ここからは医者に聞こう」

太一郎に配慮してか、伝三郎は医者にこちらに入るよう告げさせた。隣の部屋で待機させられていたようだ。

「失礼いたします。浜町（はまちょう）の池田（いけだ）徳庵（とくあん）と申します」

入ってきて太一郎の脇に座った医者は、そう名乗った。髪も髭もほとんど白髪で、額の皺が深い。六十前後というところか。いかにも古株の漢方医、という見てくれだ。

「あんたが駆け付けたとき、旦那はどんな具合だった」

「胸を摑んで、いかにも息苦しそうでしたな。それだけでなく、体のあちこちも痛いと訴えておられた」

「あちこちとは、骨ですか、節々ですか」

「骨ではないようでした。身の方ですかな」

徳庵は自分の腕を出して、身をつまんで見せた。筋肉痛、ということらしい。

「お腹が下ったりはしていませんか」

続けておゆうが聞くと、徳庵は「少しばかり」と言った。

「一度厠に行かれ、下痢だったそうで。何度も腹が下る、というほどでは」

「先生は、どのような処方を」

「いや、吐き気と下痢があるので食あたりの薬をと思ったが、息苦しいというのはおかしい。これは心の臓の病ではと思いましたが、処方をする前にどんどん悪くなり、もはや胸をさするくらいしかできませんでした」

徳庵は、いかにもお気の毒という風に太一郎を見た。太一郎は会釈を返した。

「確かめますが、作右衛門さんは心の臓が悪かった、ということはないのですね」

「知る限り、ございません」

太一郎と徳庵は、口を揃えて言った。おゆうは頷いて伝三郎を見た。伝三郎は、厳しい顔になっている。作右衛門の死に方は、河村や平戸屋と、ほぼ同じであった。

おゆうはさっと藤吉に顔を向けると、鋭い声を飛ばした。

「音羽町へ走って、瑛伯先生を連れてきて。大急ぎだよ」

藤吉は「へい」と叫んで弾かれたように立つと、ばたばたと表へ駆けていった。

「蘭方の里井瑛伯先生ですか。あちらをお呼びになるので」

徳庵は、あからさまに不快な顔をした。もう一人医者を呼ぶなど、自分が信用できないのかと言いたいのだ。

「瑛伯先生と言われましたか」

太一郎も驚いたように聞いて来た。おゆうは知っているのかと意外に思ったが、よく考えれば互いに近所なのだ。顔見知りでもおかしくはない。だが、聞いてみるとそれだけではなかった。

「私は蘭学を嗜みまして、その師匠が瑛伯先生の師匠でもあるのです」

廻船問屋の倅が蘭学？　これにはちょっとびっくりした。文政のこの頃になると、町人の間にも蘭学は浸透してきているようだ。金持ちの道楽の一つ、とも言えようか。

「その瑛伯先生を、どうして」

太一郎が怪訝な顔で聞くので、おゆうは急いで言った。

「実は他にもお二人、この数日で同じ死に方をされたんです。その一人を、瑛伯先生が看取られたので」

「何ですと？」

さすがに徳庵が顔色を変えた。太一郎はそれ以上に驚いたらしく、目を丸くしている。

南茅場町から音羽町までは、楓川にかかる海賊橋を渡って、せいぜい三、四町である。瑛伯は四半刻も経たぬうちに駆け付けてきた。寝起きのはずだが、眠気など微塵もないようで、事態を憂慮してか厳しい顔つきである。

「お待たせしました。あ、これは徳庵先生、ご苦労様です」

瑛伯は慌ただしく徳庵に挨拶し、顔見知りの太一郎に「このたびは」と悔やみを述べた。それから伝三郎に問うた。

「あの、どういうことでございましょうか」

「他でもねえ。この玄海屋の旦那の亡くなり方と、平戸屋の旦那のそれとがほとんど同じようなんでな。確かめるため、あんたにも来てもらったんだ」

「この方も……」

瑛伯は目を見張り、徳庵に「いったいどんなご様子だったのですか」と尋ねた。徳庵はさっきおゆうたちにした話を、そのまま瑛伯に聞かせた。

「で、そちらは」

徳庵は瑛伯に平戸屋のときの状況を聞いた。瑛伯が詳細を説明すると、徳庵は眉間に皺を寄せて「うーむ」と唸った。

「もうお一方も、同じご様子だったのですな？」

確かめるように伝三郎に尋ねる。ここで名前は言えねえが、と前置きして、伝三郎が答えた。

「そのお人を看取った医者の話も、今瑛伯先生が言ったのと同じと思ってくれていい」

「同じ店で同じものを食されたとか、そういうことはないのですか」

「ああ。少なくとも、ここの旦那が昨夜行った亀屋とは、関わりがねえ」

徳庵は再び唸り、瑛伯の方を見た。

「流行り病、ということはないでしょうな」

「それはありますまい。このお三方以外に同じことになった人がいるとは、聞いていません」

「直接の死因は、心の臓が急激に衰えて止まった、ということで間違いないですな？」

「ええ。しかし、どうしてそうなったかがはっきりしません」

「となると、これは……」

徳庵は伝三郎に躊躇いがちに目を向け、声を落として言った。

「毒物を疑わねばならぬかもしれませんな」

「しかし、何の毒でしょう」

瑛伯が首を傾げる。

「左様……この様子からは、石見銀山が最もありそうだが……」

「石見銀山なら、けいれんを起こしたり、肌に発疹があったりするのでは」

「ふむ、必ずそうなるというものでもない。胃や心の臓など、五臓がおかしくなるのは、石見銀山ではないかと思うが」

聞いていたおゆうは、頭から銀の簪（かんざし）を抜いた。伝三郎に目配せしてから、作右衛門の顔の白布を取る。太一郎がびくっとした。

おゆうは作右衛門に近付き、顎に手を当てて口を少し開いた。食物の残りなどは見えない。その口にそうっと箸を入れてみる。太一郎が驚いて何か言いかけたが、思い直してか口を閉じた。

しばらく待って、口から銀の箸を出す。江戸でもできる、ヒ素中毒の簡易検査だ。銀はヒ素に触れると黒く変色するが、箸には何の変化もなかった。

「違う、かもしれませんね」

おゆうは徳庵に言った。だが、ヒ素の含まれたものが口腔内に残留していなければ反応は起きないので、決め手とまでは言い難い。徳庵はそのことを承知しているらしく、「それだけではわからん」と言った。

「いや……石見銀山が五臓の中で心臓を真っ先に傷める、というのは少し解せません」

瑛伯に指摘され、徳庵はむっとした顔になった。

「では、何だと言うのだ。附子ではなかろう。あれは、口や手足がまずしびれるが、それはなかったぞ」

「ええ。附子なら、半分腐ったような雑なものや、味が凄く濃かったりするものならともかく、料理屋の値の張る料理に入っていたら、舌がひりついてすぐわかるでしょう」

「フグの毒はどうなんで」

　源七が口を挟んだ。徳庵は呆れたように言った。

「この季節にか」

　言うまでもなく、フグは冬の魚だ。源七もすぐ気付いて、赤くなった。

「いや、毒のある部分を取り出し、干して置いておき、すり潰すということもあるでしょう」

　瑛伯が言うのを聞いて、源七の顔色が戻った。

「しかし、フグの毒も口や手足のしびれがまず出ますからね。今度のとは違う」

　源七は再びがっかりして、俯いた。徳庵はそちらには目もくれず、思案しながら瑛伯に尋ねる。

「瑛伯先生、蘭学の医書には出ておらんのか。異国でこのような毒が使われておる、などということは」

「いえ、見たことがありません」

　瑛伯は困惑したように言った。徳庵は大きな溜息をついた。

「結局、わからんということか」

　徳庵は伝三郎の方に向き直り、頭を下げた。

「面目次第もございません」

瑛伯も太一郎に向かって、「あまりお役に立てませんで」と済まなそうに言った。太一郎は、とんでもないとかぶりを振った。

「いや、二人とも詫びる話じゃねえ。今のところ、毒が使われたに違ぇねえ、って話でもねえしな」

伝三郎は宥めるように言ったものの、奥歯に物が挟まったような言い方だ。内心では、毒だと確信しているのだろう。

「それじゃあ医者としては、玄海屋もこれまでの二人も、心の臓の発作で死んだ、てぇことになるわけだな」

「はい。今のところは、そう申し上げるよりございません」

徳庵が答え、瑛伯もその通りですと賛同した。

「わかった。もう帰ってもらってもいいが、念のため、診立てを詳しく書付にしておいてくれ。後で誰か受け取りに行かせる」

江戸では滅多にないことだが、死亡診断書を書かせるつもりのようだ。二人の医師は、畏まりましたと揃って一礼した。

「連続変死事件だと？　毒殺らしいのに、何が使われたのか見当がつかないって？」

パソコンの画面に映った宇田川は、少なからず興味を引かれたらしい。リモートなのではっきりとは見えないが、目はらんらんと輝いているだろう。

「江戸には自然毒しかないんだろ。だったら、わかりそうなもんだが」

「医者にもわからないんだから、しょうがないよ」

「新種の病気ってことはないのか」

優佳は一瞬、この春頃にコロナを江戸に持ち込まないかと、戦々恐々としていたことを思い出し、ぞくりとした。まさかこっちから何か病原菌を？　いや、それはない。コロナが心配で、江戸と行き来するたびに消毒を徹底しているし、現代で知られている病気でも該当しそうなものを思い付けない。

「だとしたら、感染者が三人だけっておかしいでしょう」

優佳は、瑛伯が言っていたのと同じ反論をぶつけた。宇田川は、それもそうだとすぐ引き下がった。

「食べたものが残ってたら、すぐに分析するぞ」

それなら話は簡単だが、残飯があったとしてもとうに捨てられている。

「そりゃ無理よ。今は症状から推定するしかないんだけど、うまく当て嵌まんないの」

「症状には個人差もあるぞ」

「わかってるけど、毒だと断定するのは無理だね」

宇田川は、「ふうん」と口をへの字に曲げた。

「それに、謎は死因だけじゃないのよ。殺しだとすると、そもそも動機がわからない」

「抜け荷がどうとか、言ってなかったか」

「それも、もしやと思うだけで確証なんかない。抜け荷だったとしても、誰が何のために三人も」

「対立組織が密輸商売を乗っ取ろうとして、グループの幹部を始末したってのはどうだ。でなきゃ、裏切りを画策して粛清されたとか」

まるでハードボイルド小説だが、あり得ないとまでは言えない。

「死んだ三人が何をやってたか、突き止めなくちゃ。そっちが先かもね」

そうか、と宇田川は気のない返事をした。動機云々には、さして興味がないのだ。分析オタクの彼としては、毒物分析ができそうにないと聞いて、やる気を削がれたのだろう。気分屋なんだから、と優佳は溜息をつく。が、そのとき、画面の宇田川がパソコンの方に身を乗り出した。

「おい、死因がわからないんなら、解剖するしかないんじゃないか」

「は？　解剖？」

何を言ってるんだコイツは。

「江戸で死体を司法解剖しろってのか？　冗談やめて」

監察医もいなければ法医学教室もないのに、どうしろってんだ。

「江戸でも死体の解剖はやってるんだろ。腑分け(ふわけ)とかいうんじゃなかったか」

「腑分け、ねえ。やってることはやってるけど……」

腑分け自体は、江戸でも度々行われていた。おゆうの時代から七十年近くも前の一七五四年、漢方医の山脇東洋(やまわきとうよう)が腑分けで人体の内部構造を確かめ、「蔵志(ぞうし)」という本を出している。さらに有名なのは、一七七一年に杉田玄白(すぎたげんぱく)や前野良沢(まえのりょうたく)が立ち会った腑分けで、オランダの医学書「ターヘルアナトミア」に載った人体図を実体と比較して確認し、これを翻訳して「解体新書」を出版した。これは歴史の教科書に必ず出てくる話だ。

「でもねえ。それみんな、人の体の中がどうなってるか調べるためだけの解剖だよ。江戸の医学って、まだそのレベルなんだから」

「だからって、司法解剖をやっちゃいけないわけでもないだろ」

宇田川は、自分の思い付きにすっかり乗り気になっているようだ。優佳は、そこまで無邪気にはとてもなれない。

「いやちょっと、それはどうかなあ」

確か、江戸での腑分けは死罪になった罪人の死体で行われていた。一般人の、しかも名のある大店の主人の腑分けなんて、認められるだろうか。

「いくらなんでも、ハードル高過ぎると思うんだけど」

「しかし、このまま放ってもおけないんだろ」

「うーん……わかった、聞くだけ聞いてみる」

死因に関しては他に打つ手もないし、駄目もとで聞いてみれば、何か他の方法が見つかるかもしれない。宇田川の方は、もう決まったかのように、腑分けの段取りがわかったら教えろと言って、リモート会合を終えた。

優佳はパソコンを開いたまま、しばし考え込んだ。この話は伝三郎に持ちかけるしかないのだが、どんな顔をされるだろう。頭がどうかしたのかと呆れられそうな気がして、憂鬱になった。宇田川め、とんでもない宿題を出してくれたものだ。

東京で一晩、江戸へ戻って半日悩んだ末、おゆうは伝三郎が巡回してくる頃合いを見計らって、馬喰町の番屋へ行った。腑分けについては、もうストレートに話すしかない、と腹を括った。叱られれば、それまでのこと。宇田川には、違うアプローチを考えてと言わなくてはなるまい。

足取り重く番屋に到着すると、おゆうが手を掛ける前にいきなり戸が開いた。びっくりして立ち止まったところで、中から千太が飛び出した。

「ああ、やっぱりおゆう姐さんでしたか。丁度良かった」

千太はいかにもほっとしたようだ。自分を探していたのかと思い、おゆうは聞いた。

「私に用だったの。何かあったの」

「へい。つい今しがた鵜飼の旦那から知らせがあって、玄海屋に蜻蛉御前がまた来てるそうなんで」

「え、あの変な女が」

　蜻蛉御前を玄海屋の前で見たのは、一昨日(おととい)だ。天罰が下るなどと叫んでいたが、実際に作右衛門は急死した。まさか……。

「わかった。あんたも来て」

　言うなりおゆうは身を翻し、南茅場町に向かって駆け出した。後ろから、大慌てで追ってくる千太の足音がする。

　玄海屋の前は、一昨日と同じように人垣ができていた。玄海屋が大戸を下ろしたままで、忌中の貼り紙を出しているところは異なっている。今夜が通夜、明日が葬儀となるだろうが、蜻蛉御前はそれを邪魔する気なのだろうか。

「ちょっと、どいてどいて」

　十手をかざして人垣を割り、前に出た。大勢に取り囲まれた中で、蜻蛉御前が手にした榊を振るっている。

「……さても見事な天罰、わらわが申した通りである。悔い改めよ、悔い改めよ……」

蜻蛉御前の声は大きくなったり小さくなったり、朗々と響いている。この女がここでパフォーマンスを始めてからおゆうが駆け付けるまで、優に半刻は経っているはずだ。ずっとこの調子でやっていたとしたら、よく声が続くものだ。大した根性だと驚き、傍らにいた左官らしい男に聞いてみた。

「いや、この半刻ほどの間に、立ち去ってはまた来るってのを四、五回繰り返してるんで。玄海屋ってのは、それほど悪いことをしてるんですかね」

十分か十五分ごとに繰り返している？　それはまた、ずいぶんとしつこい奴だ。おゆうはまだ口上を述べ続けている蜻蛉御前に近付き、目の前に十手を突き出した。

「ちょっとあんた、何やってんの」

蜻蛉御前は口上を止め、ゆっくりおゆうに顔を向けると、薄笑いを浮かべた。ぞくっとするほど妖艶だ。

「この前の女目明しか。お前もわかったであろう。玄海屋には、天より罰が下されたのだ」

「いい加減なこと言って、見てる人の心を惑わすようなら、しょっぴくよ」

「いい加減なことであるものか。玄海屋は死んだ。夕方まで常の通りであったのが、夜中にいきなり苦しみ出してな。これが天の仕業でなくして何であろう」

どうだ、とばかりに蜻蛉御前は榊を群衆に突きつけた。まずいことに、何人かが恐れ入ったように頷いている。

「二日前にわらわが言うたはずじゃ。悪行を止めねば報いを受けるとな」

「どんな悪行なのよ。言ってみなさい」

「知らぬ」

はあ?

「知らないって何よ、知らないって。知らないのにどうして悪行なんて言うわけ?」

馬鹿にしてんのかと頭に来たおゆうは、蜻蛉御前に詰め寄った。野次馬どもが静かになり、じっと成り行きを見守っている。やれやれ、簡単に引けなくなったぞ。おゆうは内心で舌打ちした。

「わからぬか。この店には、邪気が満ちておる。真っ黒な悪意の気が、屋根から立ち上っておろうが」

蜻蛉御前は、榊で玄海屋の屋根を指した。おゆうはつられて、思わず屋根に目を向ける。無論、何も変わったところはない。

「見えぬか。さもあろう。凡庸な者には、見えぬ」

蜻蛉御前がせせら笑った。しまった、乗せられたとおゆうは苛立った。

「誰にも見えないものを、信じろと言う気? 本当は何か知ってるんじゃないの。それとも、誰かに頼まれた嫌がらせ?」

蜻蛉御前は、ふん、と小馬鹿にしたように息を吐きかける。

「嫌がらせとはのう。浅ましき者は、そのような下世話なことしか考え付かぬようじゃの。わらわは、天の声を伝えるまで」

何て面の皮の厚い女なんだ。

「いいわ。番屋でとっくり、天の声とやらを聞こうじゃないの」

おゆうは十手を蜻蛉御前の肩に押し付け、腕を取ろうとした。が、この前の源七と同様、するりと身を躱された。あっと思ったときには、もう五間ほども離れていた。おゆうは人垣の後ろにいた千太に、尾けろと十手を振って合図した。既にそのつもりだったらしい千太は、素早く動いて蜻蛉御前の後を追った。

期待はできないな、とおゆうは思った。あれほどの身のこなしなら、下っ引きを撒くくらいは簡単にやりそうだ。取り残された野次馬たちは、徐々に散り始めたが、まだ何人かは首を捻ったり玄海屋の看板を見上げたり、忌中の貼り紙を見つめたりしている。おゆうはその中から、風呂敷包みを背負った小太りの行商人風の男を摑まえた。

「あんた、ずっとあの女の話を聞いてたの」

「へい、ずっとと言うか、この四半刻で二度来てましたんで、それを」

「二度とも同じことを喋ってたの」

「全く同じ言葉じゃありませんが、まあ、中身は一緒です。悪行の報いだと」

「で、あんたはどう思った。あの女の話、信じられる？」

「いやその、信じるかってぇと……」

行商人はおゆうの顔を見ながら、へらへらと笑った。

「姐さんと言い争いになったでしょう。あっしはその、別嬪の言うことなら信じる方なんですが、あの女と姐さんじゃ、甲乙つけ難いもんで……どっちでしょう」

ええいもう。こんなバカに話を聞いたのは、時間の無駄だった。おゆうは、もういいからとっとと消えろ、と行商人を手で追い払い、玄海屋の大戸に歩み寄って潜り戸を叩いた。

客間に通されると、伝三郎と太一郎が座っていた。おゆうを待っていたようだ。

「蜻蛉御前に会ったか」

伝三郎が聞いてきた。ここに来て間もなく、蜻蛉御前が現れたので、千太におゆうを呼びにやらせたとのことだ。

「会いました。半刻余りの間に、何度も出たり消えたりしていたようですね」

「はい、そうなのです。店の女衆たちも気味悪がって。あまりの言いがかりに、出て行って談判しようと思ったのですが、鵜飼様に止められました」

太一郎が口惜しそうに言った。

「下手に出て行くと思う壺だ。野次馬どもの前で、恥をかかされるぜ」

それを狙って来てるのかもしれねえからな、と伝三郎が言い、太一郎は渋面になる。

「何のつもりなんでしょうかね。野次馬の様子からすると、蜻蛉御前の口上を信じた人もいるようです」

おゆうの言葉に、太一郎は大きく溜息をついた。

「読売にあることないこと書かれないか、それも心配です」

確かに、読売屋が食い付きそうなネタだった。あれだけ濃いビジュアルの相手だ。現代なら瞬時にSNSに流れ、バズりまくっているだろう。

「本当に、悪行と言われるような心当たりはねえのかい」

「はい、それだけは絶対に。代々、商いは正直に、儲け(もう)はほどほどにと家訓に示しております」

「こっちは真っ当な商いをしたつもりでも、相手はそうは思わなかった、てぇこともあるんじゃねえか」

言われて太一郎は、少し考え込んだ。

「それは……ないとは申せませんが、天罰が下るほどの悪行となれば、知らずにいることなどあり得ぬかと」

伝三郎は、もっともだなと腕組みした。それから背筋を伸ばし、ぐっと太一郎を見据える。

「よし。それじゃあ、はっきり聞こう。抜け荷に手を出した、或いは抜け荷を持ちかけられた。そんな覚えはねえか」

伝三郎がそれまでとは違う、重々しい口調で尋ねたので、太一郎は顔を強張らせた。

「抜け荷、と言われますか」

太一郎も居住まいを正し、正面から伝三郎を見返して返答した。

「誓って、そのようなことはございません」

そのまま太一郎は、目を逸らさない。ほんの少し、二人は睨み合うような格好になった。

「そうかい、わかった」

数秒経って、伝三郎が張り詰めていた空気を緩めるように言った。太一郎もほっと息をついた。このやり取りに緊張していたおゆうも、これで安堵した。

そこへ手代が、千太を案内してきた。千太は伝三郎とおゆうを見ると、きまり悪そうに頭を掻いて、廊下に膝をついた。

「申し訳ありやせん。撒かれました」

やっぱりね、とおゆうは苦笑する。

「海賊橋を渡って、材木河岸を南にずっと下ってたんですが、京橋川を白魚橋で越えた辺りで、消えちまったんで」

おそらく、最初から尾けられているのは承知で、撒くタイミングを計っていたのだろう。

「まあいい。あの女の素性は、源七が探りに行ってる。一昨日にも言ったが、あれだけ目立つ女なら何か摑めるだろう」

ああ、それで源七はここにいなかったのか。野次馬の中にも、蜻蛉御前を聞き知っている様子なのがいたから、源七の腕なら、住まいを割り出すのもそれほど難しくはあるまい。

「どうでしょう、鵜飼様。もしこの三件が殺しなら、あの蜻蛉御前が直に関わってるのかもしれませんよ」

「ああ。充分考えられるな」

伝三郎もずっと同じことを考えていたらしい。太一郎の方は、これを聞いて首を捻った。

「でも、いったいどうして。あの女が父の死に関わっているとしたら、なぜわざわざ店の前であんなことを」

それに対する答えは、まだ何もなかった。

六

その晩は、伝三郎が家に来てくれた。この前は酒以外、何も用意していなかったが、今日は夕飯代わりにと、煮売り屋で買った煮つけや焼き物に、デパ地下の佃煮と蒲鉾を混ぜて出した。

「ほう、今日は豪勢じゃねえか」

伝三郎は佃煮を味わってから、おゆうが注いだ冷や酒を飲んで目を細めた。

「源七親分は、うまく蛸蛉御前の居場所を摑んだでしょうかね」

あの女の顔を思い出すと、どうもムカつく。つい顔がきつくなったか、伝三郎が「だいぶあいつが気に食わないようだな」とからかうように言った。

「まあ、明日には何か知らせを持って来るだろう。こっちは、次の行き先としちゃ、亀屋だな」

作右衛門が最後の食事を摂った店だ。そこを聴取するのは、当然の手順だ。

「その上で、朝倉屋さんにも行かないと、ですね」

作右衛門が朝倉屋と急遽会ったのは、何故か。それは是非、明らかにしないといけない。伝三郎も、その通りだと言った。

さて、とおゆうは身構える。あのことを、伝三郎に伝えねば。時間の猶予は少ないので、こうして二人だけになれた今しか、話はできない。甘い気分に浸るのは諦めよう。

「あの、鵜飼様、ちょっとお話が……」

どう言うべきか考え、おゆうは躊躇いながら切り出した。伝三郎が怪訝な顔をする。

「何だ、改まって」

「はい。あの三人の方々がどうして亡くなったか、調べる方法はないものかと考えまして、千住（せんじゅ）の先生に相談してみたのですが……」

千住の先生とは、宇田川の江戸での通称だ。彼が最初に江戸に来たとき、千住の方に住む蘭学その他、よろず学問の先生だということにして、伝三郎たちに紹介したのである。

「千住の先生、か」

伝三郎の言葉が、少しだけ硬くなった気がした。どうも宇田川を相手にすると、伝三郎は妙に構えたような調子になる。意識し過ぎないで、とおゆうは思うのだが。

「あのお人が、何だって？」

「はい。外から調べてわからないなら、内側を開いてみてはどうか、と。それで何かわかるかもしれない、とお考えのようで……」

「何、内側を開くだと？」

伝三郎の目が吊り上がった。

「おい、まさか腑分けしろってんじゃねえだろうな」

「あ、はあその、そんなような……」

言ってしまってから、おゆうは小さくなった。やっぱり刺激が強過ぎたか。宇田川から言われて一応調べたのだが、腑分け自体は申請して許可されれば、可能だ。だがこの時代、死体を損壊するのは刑罰の一種としての認識があり、腑分けの対象は刑死した罪人に限られる。一般人の腑分けは、死者への冒瀆と捉えられてしまうのだ。伝三郎が拒否反応を示しても、それは当然だった。

「やっぱその、まずい、ですよね」

おゆうは恐縮し、俯いた。「馬鹿なことを言うもんじゃねえ」と叱り飛ばされるに違いない、と思ったのだ。だが、何秒か待っても、怒声は落ちてこなかった。

（あれ、どうしたんだろう）

おゆうはそうっと、上目遣いに伝三郎を見た。意外なことに、伝三郎は眉間に皺を寄せて考え込んでいた。

「あの……鵜飼様？」

遠慮がちに声をかけると、伝三郎はそれを制するように、酷く難しい顔で言った。

「腑分けすれば、死因がわかるのか」

「それは……絶対とは言えないと思いますが」

「ふうむ」

伝三郎は唸って腕組みし、またしばらく考え込んだ。おゆうは黙って待つ。伝三郎が次に口を開いたのは、一分以上も経ってからだった。

「このまま何もわからないじゃ、先へ進めねえか……」

それは独り言のようだった。だがすぐに、おゆうに目を向けて言った。

「何にせよ、太一郎がうんと言わなきゃ、できやしねえぜ」

えっ、とおゆうは一瞬、耳を疑った。伝三郎は、遺族の許可があればやってもいい、と考えているのだ。

「そ、それはそうです。もちろん、太一郎さんが認めてくれないと」

しかしそれは、江戸の常識を覆す問題だ。かなり難しい。

「死骸が腐っちゃ、まずいよな。夏場にかかろうって今なら、急がねえと。明日は玄海屋の葬儀だったたな」

伝三郎は、迷いを見せた。

「葬儀の日の朝にこんな話を持ちかけたら、太一郎はどう思うかな」

伝三郎が心配する通り、非常に無作法なやり方だ。しかし、葬儀が終わって埋葬されてしまえば、もっと厄介なことになる。

「太一郎さんは、蘭学に入れ込んでると言ってましたよね。蘭方医術を知らない人よりは、話がわかるんじゃないでしょうか」

「そう言えば、そんなことを聞いたな。しかし頭では解せても、自分の親のことだからな……」

確かに、家族の体にメスを入れるとなると、蘭学者でも江戸時代なら感情的に無理、という方が普通だろう。現代ですら、病理解剖に拒否反応を示す遺族がいるのだ。誰も彼もが、華岡青洲（はなおかせいしゅう）になれるわけではない。

「それにだ、太一郎がうんと言ったとして、誰が腑分けする。奉行所でお許しが出るはずもねえし、隠れてやるしかねえんだぞ。だとすると、小塚原（こづかっぱら）の連中は使えねえ」

死体を切ることは医者でも禁忌、と見做（みな）される時代だ。腑分けをする場合、執刀は小塚原刑場に勤務する、被差別民の専門職が行うことになっている。医師は、見守りながら指示を出すだけなのだ。つまり、内密に腑分けをしようとしても、執刀経験のある医師がいないのである。

「瑛伯先生にお願いするとか、できないでしょうか」

「瑛伯か。いくら蘭方医だからって、そんなことをやってくれるとは思えねえが……」

伝三郎はしきりに首を捻っている。だがしばらくして、煮詰まってしまったようだ。何度か首を振ってから言った。

「まあ、そっちは何とかなるかもだ。とにかく太一郎だ。喪主が承知しねえ限り、何を考えても無駄なんだからな」

伝三郎は、腹を決めたようだ。おゆうは「はい」と力強く言って、伝三郎の盃に新しい酒を注いだ。


翌朝、伝三郎とおゆうは玄海屋に出向いた。

「鵜飼様におゆう親分さん、わざわざ恐れ入ります」

応対に出た太一郎は、朝からお参りに来てくれたと思ったのだろう、丁重に礼を述べた。これからする話のことを考えると、おゆうは少し気まずくなった。

「取り込み中のところ、済まねえ。折り入って話があってな」

玄海屋の中は、昨夜の通夜と今日の葬儀のため、厳粛さと慌ただしさが同居していて、どうにも落ち着かない空気だった。太一郎もほとんど寝ていないはずで、目元に疲れが滲(にじ)んでいる。ますますもって、こんな話はし辛いのだが、やむを得ない。

「はい、どのようなことでございましょう」

太一郎も、葬儀の朝に折り入ってとは、どんな重い話かと恐れている様子だ。伝三郎は咳払いしてから、切り出した。

「実は、作右衛門さんがどうして亡くなったか、それを何とか突き止められねえかと考えてだな……」

伝三郎は、太一郎の反応を見つつ、事訳を話した。御上の権威を押し出していると取られないよう、相当気遣ったようだ。聞いている太一郎は、次第に唖然とした顔になった。

「なんと……それでは、父の腑分けを行いたい、ということですか」

伝三郎は「そうなんだ」と答えたものの、太一郎の目をまともに見ることは避けていた。

「腑分け……」

太一郎は目を閉じて、何度か呟いた。おや、とおゆうは思う。即座に断られても当然なのに、太一郎は内心の葛藤(かっとう)と戦っているように見えた。

それから数分、空気が固まった。葬儀の支度をする厨(くりや)の声と音が、客間まで聞こえてくる。おゆうも伝三郎も、身じろぎ一つせず、太一郎が何か言うのを待った。

「わかりました」

太一郎が閉じていた目を開け、二人に告げた。

「何、承知してくれるのか」

驚きも露わに伝三郎が言った。九分九厘断られる、と覚悟していたのだ。

「はい。私も、父がどうして命を絶たれたのか、知りとうございます。それに、もし腑分けで死因がわかるようならば、学問の上でも大きな意義があります。蘭学を志す者として、世に役立てるとすれば幸いです」

おう、とおゆうは目を見張った。何て立派な覚悟だ。

「そうか。そう思ってくれるか。有難ぇ。心から礼を言う」

伝三郎が深々と頭を下げ、おゆうもそれに倣(なら)った。このように、学問への貢献に強い意志を持った名もなき人々のおかげで、日本の蘭学は発展し、明治維新へと繫がったのだろう。それを思うと、感慨深いものがあった。

「そんな、お手をお上げ下さい」

太一郎が恐れ入ったように慌てて言う。

「ただ、店の者や親戚たちには、どうか知られぬようお願いいたします」

「もちろんだ。だからこそ、お前さんだけに話したんだ」

親戚などに知れたら、全員が猛反対するに決まっている。太一郎が承諾したなどと聞けば、店の後継者としてふさわしくないとの主張が出る可能性すら、あった。

「では、どうしましょう。ここで腑分けはできませんから、どこかに移さねば」

「場所に心当たりはあるか。かなり臭いが出ると思うが」

話が生々しくなってきたが、太一郎は不快感も見せずに応じている。

「はい。使っていない蔵が一つ、大川端にあります。夜なら、目立たずに入れるかと」

「そいつは助かる。親戚連中に知られないよう動くのは、大変じゃねえか」

「何とかします。それより、どなたが腑分けを」

「それなんだが……蘭方医の先生に頼もうと思うが、まだ話ができていねえ」

伝三郎は正直に言った。太一郎は、やはりと言うように頷いた。

「でしたら、私の師匠に相談してみましょう。蘭学については名のあるお方ですので、きっとおわかりいただけます」

太一郎が言うには、師匠は葬儀に来るはずで、そのときにこっそり奥へ来てもらって、話ができるだろう、とのことだ。

「お前さんのお師匠は、何てぇお方だい」

伝三郎が聞くと、太一郎はちょっと誇らしげに答えた。

「はい、大槻玄沢先生です」

「えーっ、大槻先生ですか」

おゆうは思わず声を上げた。伝三郎も太一郎も、びっくりしておゆうを見る。

「先生をご存じでしたか」

太一郎が嬉しそうに微笑む。

「はい、江戸でもご高名な方ですので」

おゆうは慌てて言った。ご存じどころではない。大槻玄沢は杉田玄白の弟子で、江戸後期の蘭学者の中でも特に名高く、歴史の教科書にも登場するＡＡＡ（トリプルエー）クラスの大物だった。そんな人と、接点ができようとは。

「そうか。それほどの先生なら、是非話を通してくれ」

「承知いたしました」

太一郎が答えたところで、番頭が呼びに来た。最初の参列者が来たらしい。太一郎は伝三郎に断って、うまくやりますと目で合図してから客間を出て行った。

やがて僧侶が到着し、葬儀が始まった。八丁堀同心が葬儀の場にいると目立つので、伝三郎とおゆうは、他の参列者に先立ち焼香させてもらってから、奥で待機していた。読経が響く中、ただじっと待つのはどうにも落ち着かなかった。伝三郎は腕組みしたまま、ずっと黙考している。無届の腑分け、という思い切った手段に出るのだ。思うところはたくさんあるだろう。おゆうは邪魔しないよう、辛抱して静かに座っていた。

一刻ほども待ったろうか。摺（す）り足で近付く気配がして、「失礼いたします」と太一郎の抑えた声がした。伝三郎が「うん」と応じると、そうっと襖が開けられた。

太一郎と共に入ってきたのは、禿頭の老人だった。年の頃は六十代の半ばくらいか。眉が濃く、老人ながら動きに弱々しさは全く感じられず、眼光も衰えていない。これが大槻玄沢に違いない。

老人は太一郎に示されるまま、伝三郎の前に座って両手をついた。

「お初にお目にかかります。大槻玄沢と申します」

悠揚迫らぬ玄沢に、伝三郎も居住まいを正した。

「南町の、鵜飼伝三郎と申します。太一郎若旦那の、蘭学の師匠と伺いましたが」

「はい、築地の方で芝蘭堂と申す、ささやかな塾を開いております」

玄沢は謙遜して言ったが、ささやかどころか、芝蘭堂は橋本宗吉や宇田川玄真を始め、多数の学者を育てた蘭学の殿堂だ。

「此度は無理な話を持ちかけ、申し訳ござらぬ」

いえいえ、と玄沢は手を振る。

「太一郎さんから仔細はお聞きしております。もし玄海屋さんのご不幸に大きな悪意が関わっているのであれば、それを明らかにするのに蘭学がお役に立てれば重畳。微力ながら力添えさせていただくに、吝かではございません」

協力は惜しまないとの申し出に、おゆうはほっとした。だが同時に、歴史上の人物をこの企みに巻き込んでいいのか、とちょっと怖くもなる。

「かたじけない。早速のご相談で恐縮ですが、腑分けをしていただく方について……」

伝三郎が控え目に問いかけると、玄沢は「ああ、それは」と頷いた。

「太一郎さんとも話したが、ここは里井瑛伯殿に頼みましょう。聞けばあのお人は、既にこの一連の出来事に関わっている由。乗りかけた舟で、引き受けてくれるやもしれぬ」

あ、これは助かった。玄沢の方から瑛伯を指名して、後押ししてくれるとは有難い。

「大槻先生は、瑛伯さんの師匠でいらっしゃるそうですな」

伝三郎が聞いた。玄沢は「いかにも」と答えた。

「芝蘭堂へも、来ておりました。辞めたわけではないが、蘭方医の仕事が忙しくなり、なかなか来れぬということで」

休学中、というわけか。医師として引く手あまたなら、患者のためにそちらを優先せざるを得ないだろう。

「帰ったら、すぐ使いをやって瑛伯殿を呼びましょう。私から話します」

玄沢はそこまで言ってくれた。

「重ね重ね、かたじけない」

伝三郎は玄沢に頭を下げてから、太一郎に言った。

「はい、ここから直に運び出すのは人目がありますので、明日一旦埋葬し、夜になってから掘り出しましょう。墓荒らしのようで気が引けますが」

「どういう段取りにする」

「万が一にも、寺社方に知られねえようにな」

寺社奉行の配下に勘付かれたら、蓋をするのは非常に難しい。太一郎は、心得ておりますと返事した。

「住職には充分なお布施を渡し、目と口を閉じているよう頼んでおきます」

「済まん、面倒をかける」

礼を言って、伝三郎は一同を見回した。

「では、立ち会いは今ここにいる者、ということでよろしいか」

「いや、瑛伯殿には手伝いが要るでしょう。私の弟子から一人、信が置けて口が堅い者を連れて行きましょう」

玄沢が申し出た。伝三郎は「助かります」と応じ、改めて「それでは御一同、明晩、墓地にて」と告げた。全員が「承知仕りました」と小声で返事した。

リモートで話を聞いた宇田川は、大槻玄沢の名前が出ても反応しなかった。

「大槻玄沢？　誰だそれ」

優佳はこれ見よがしの溜息をついた。

「歴史の教科書とか副読本に出てくる人だよ。聞いたことないの？」

いかに重要な人物か、畳みかけてみたが、記憶にないらしい。ブツの分析さえできれば満足、という宇田川は興味の対象にひどくムラがある。歴史だけでなく社会科の成績は、推して知るべしだった。大槻玄沢どころか、杉田玄白を知っていれば御の字だろう。

「まあとにかく、その偉い蘭学の先生が手伝ってくれるわけだ」

やはり宇田川の興味は、解剖で何が得られるかだ。

「内臓の組織片、胃の内容物、血液サンプルは回収できるだろうな」

「無理言わないでよ。そういうものが必要だって、どう説明すりゃいいの」

「どうって、死因を調べるのに必要なのは常識だろう」

「二十一世紀の常識を当て嵌めるつもり？　大槻先生でさえ、そんな知識ないのに」

ネットで調べたところ、ヨーロッパでは中世にもう法医学的見地からの解剖が行われた事例があり、十七世紀には法医学がある程度確立していたらしい。日本で正式に検死解剖が行われるのは、やはり明治になってからである。

「そりゃ困る。そこを何とかしろよ」

分析する対象がなければ、死因を突き止められない。それはわかるが、優佳が解剖に手出しするのは不可能だし、そんなこと絶対やりたくない。それどころか、気絶してしまわないか心配している有様だ。医者でもない素人が、解剖の現場なんかまともに見られるものか。

「努力はするよ」

それだけ言っておいた。宇田川は不満そうだが、保証できるようなことではない。

「それで、どうやるんだ。秘密の仕事なんだろ」

「うん。あんまりやりたくないけど、一旦埋葬してから掘り出して……」

優佳は玄海屋で太一郎らと相談した内容を教えた。宇田川は満足したのかどうなのか、ろくに相槌も打たずにただ聞いていた。

翌日、玄海屋作右衛門の遺体は、深川の昌弦寺という寺の墓地に葬られた。喪主の太一郎以下、親族や番頭たち十五人ほどが野辺の送りに付き従った。そこには玄海屋の代々の主人と家族が葬られており、作右衛門も四年前に先立ったお内儀の傍に、永眠の場所を定めた……はずだったが、それにはしばらく待ってもらうことになる。

葬列が永代橋を渡って深川に向かっている頃、伝三郎とおゆうは馬喰町の番屋で源七の報告を聞いていた。

「丸二日近くかかりやしたが、どうにかそれらしいところがわかりやしたよ」

源七の言うのは、蜻蛉御前の住まいだ。

「そうか。どこだ」

「白金でさぁ。遠いんで、まだこの目で確かめちゃいやせんがね」

「随分と端っこだな。あの辺じゃ、家もあまりねえだろう」

港区白金に住んでいると言えば、現代ならセレブだろうが、この頃は江戸の外れの緑濃い村だ。幸い、町奉行所の管轄内ではある。

「噂によると、藪の中にある庵に住んでて、人を寄せ付けてねえようで」

「隠れて住んでるってことですか」

おゆうが聞くと、源七は「そりゃそうだろう」と応じた。

「あんなことを生業にしてるなら、正体を探られたくねえに決まってらぁ」

「生業って言いましたけど、どうやってお金を稼いでるんです。もしかして、たかり？」

それよ、と源七が指を立てる。

「大店に行って、この家には災いがあるとか何とか言いがかりをつける。お祓いしてやるから金を出せってわけだ。大店の方も、世間体があるから面倒なんで、小遣い程度渡して帰ってもらう。性質の悪い坊主なんかがよくやるのと同じさ」

だが、と源七は付け加える。

「玄海屋でやったみてぇな、野次馬を集めるほど派手な騒ぎは、今までやったことがねぇようだが」

「今度に限って手口が違うってのか」

伝三郎が首を傾げる。

「そう言えば、玄海屋さんからお金を受け取った様子はありませんでしたね」

太一郎が知らなくとも番頭が渡した可能性はあるが、おゆうの見たところ、そんな隙はなかったはずだ。

「もしかすると、誰かに嫌がらせを頼まれたのかもしれやせんねぇ」

源七が、考えながら言った。伝三郎も「そうかもな」と小さく頷く。

「でも、誰が。商売敵でしょうか」

おゆうは、納得しきれずに言った。嫌がらせとしては、やけに芝居がかっている。

「こういうのはどうだ。玄海屋が抜け荷に関わってると疑った商売敵が、それをほのめかすために蜻蛉御前を雇ったってのは」

源七が、さもいい考えのように言った。

「抜け荷の疑いがあるなら、恐れながらと奉行所に駆け込めばいいでしょう。廻船問屋仲間の集まりで、皆の前で問い質す手もあります。蜻蛉御前みたいな怪しいのを雇わなくたって、真っ当なやり方があるでしょうに」

おゆうがすぐに反論すると、源七はうーんと唸って天井を見上げた。おゆうは伝三郎に言う。

「だいたい、玄海屋さんが抜け荷をやっているようには思えないんですけど」

太一郎の態度からは、後ろ暗い様子が全く見えなかった。もし作右衛門が抜け荷に手を出していれば、太一郎が知らずに済むはずはない。

「抜け荷についちゃ、まだ本腰を入れて調べもしてねえんだ。今はまだ、どっちとも言えねえな」

伝三郎は、おゆうほどの確信はまだ持てないようだ。

「それで、蜻蛉御前てのは何者なんだ。素性はわかったのか」

「そいつはまだ、はっきりしやせん」

源七は頭を掻きながら言った。

「ですが旦那、あの身のこなし、只者じゃありやせんぜ。くノ一上がりとか、盗人とかじゃねえですかい」

「ふん。前にもそんなのに出会ったが……あれとはちょいと毛色が違うようだな」

誰のことを言っているのかわかったが、おゆうは敢えてその名を口に出さなかった。

あいつ今頃、どこでどうしているんだろう……。

「よし、ご苦労だが白金まで出向いて、蜻蛉御前の周りをもっと探ってくれ。ことによると、男がいて糸を引いてるのかもしれねえ」

そいつはありそうですね、と源七も頷いた。

「そっちは任せるぞ。俺とおゆうは、別の方を調べる」

「別の方って言いやすと」

源七が怪訝な顔をするが、伝三郎は「何か出たら、教えてやる」とだけしか言わなかった。無届の腑分けについては、極力内密にしておこうという肚なのだ。おゆうは源七に、ご免なさいねというように微笑んだ。源七は戸惑ったような、面白くなさそうな顔をしている。

七

夜半過ぎ、おゆうや太一郎を含む面々が、昌弦寺の墓地に集まった。初夏というのに、おゆうは背中にうすら寒さを感じていた。夜中の墓地はただでさえ気味が悪いが、これから墓を掘り返そうというのだ。気分が上向く要素はまるでなかった。

被せたばかりの土が、提灯に照らされている。道具を持った墓掘り人足が、始めますかと問うように伝三郎を見た。それに応えて、伝三郎が頷きを寄越す。人足たちは、黙って作業を始めた。昼に埋めたばかりの棺桶をまた掘り出すというのは、連中にとっても初めてだろう。伝三郎からは、御用の筋で死骸を再度調べる、他言は一切無用、ときつく言い渡してある。住職は太一郎と伝三郎から因果を含められ、庫裏に籠っていた。

土被りは浅く、棺桶はすぐに姿を現した。四半刻ほどかけて土を取り除き、縄をかけて棺桶を引き上げる。おゆうは一歩引いて、この作業を見守っていた。これではまさしく墓泥棒だ。夢に出そうだと来たのを後悔したが、もう仕方がない。ふと気付くと、傍らで太一郎がもごもごと呟いている。両手を合わせて数珠を持っているので、念仏を唱えているらしい。おゆうも、荷車に載せられる棺桶に向かって、しっかりと手を合わせた。

墓穴の埋め戻しは人足に任せ、一同は荷車と共に寺を出た。荷車を引く人足までは手配できず、太一郎と玄沢の弟子がその役を務めている。伝三郎が先頭に立ち、夜回りに出くわすのを避けつつ、永代橋を渡った。

「瑛伯先生、こんなことに巻き込みまして」

おゆうは歩きながら瑛伯に囁いた。話を持ちかけられて快諾したということだが、表沙汰になれば瑛伯もただでは済まないのだ。

「いいえ、とんでもない。こんな機会を与えていただき、却って喜んでおります」

瑛伯は光栄だという風に言ったが、声には明らかに緊張が含まれていた。おゆうは無言の頷きを返した。

太一郎が用意した場所は、霊岸島の河岸にある玄海屋の蔵であった。上方からの船で着いた荷を一時納めるのに使っていたが、老朽化で使用を中止し、建て直しを検討しているところだという。ゆっくり進んだので半刻近くかかったものの、幸い、特に見咎められることもなかった。

錆びた錠前を太一郎が開けるとき、軋み音が静寂を破り、おゆうは身を竦めた。戸を開けるときはさらに大きく軋んだが、近くに住人はいないので、聞かれる気遣いはないはずだ。

「少々埃っぽいですが、どうぞ奥へ」

太一郎が提灯で中を照らした。がらんとした蔵の中は、黴臭い。こんなところで解剖するなどと言ったら、検死官も病理医も脳卒中を起こしそうだ。

荷車に積んできた戸板を床に敷き、周りを蠟燭で囲んだ。照明は充分とはとても言えないが、電灯も石油ランプもない中世ヨーロッパなら、解剖の現場はこれと同様だろう。

皆、無言のまま白い布を取り出し、鼻から下を覆った。衛生上の配慮や感染症対策と言うより、臭いを避けるためだ。そこで伝三郎と玄沢が顔を見合わせて頷きを交わした。棺桶が傾けられ、作右衛門の遺体が引き出される。死後九十時間ほど経過しているので、徐々に腐敗が始まっていた。その代わり死後硬直は既に緩解しており、横たえるのに不自由はない。さすがに執刀を直視する勇気はなく、おゆうは顔を背けて入口近くに下がった。

「おい、大丈夫か。外に出ててもいいぞ」

伝三郎が気遣って小声で言った。

「いえ、大丈夫です。ここにいます」

とは言ったものの、開腹して臭いが充満し、耐えられなくなったら逃げ出すつもりだった。伝三郎は頷いたが、連れて来たのを後悔するように心配そうな目付きをしている。おゆうは何だか申し訳なくなった。

そこで突然、戸が叩かれた。一同が、文字通り飛び上がる。おゆうも仰天した。ここにいる者以外、腑分けのことは誰も知らないはずなのに……あれ、ちょっと待てよ。

「誰ですか」

おゆうが問うと、聞き慣れた声が小さく返った。

「宇田川です」

伝三郎が目を剝き、おゆうはのけ反った。あいつ、いったい何を考えてるんだ。

「おい、千住の先生か」

困惑顔の伝三郎が、おゆうに聞いた。仕方なく「そのようです」と答える。他の人々は、何事かと身を縮めていた。伝三郎は溜息をつく。

「腑分けの言い出しっぺは、千住の先生だったよな」

「ええ、まあ……そうですね」

「しょうがねえ。入ってもらえ」

伝三郎は他の人々に、事情を知ってる者だから心配ねえ、と告げて安心させた。おゆうは他にどうしようもなく、軋む戸を開いた。きちんと「千住の先生」の扮装になった宇田川が、のっそり入ってきた。

「皆さん、お邪魔して申し訳ない。立ち会わせていただこうと思いまして」

宇田川は、現代での立ち居振る舞いからは想像もできないほど、如才なく言った。仕方なくおゆうは、一同に今回の発案者だと宇田川を紹介した。

「宇田川聡庵殿、ですか」

名を聞いた玄沢が、首を捻った。

「では、玄真の御一族かな」

おゆうは、ぎくりとした。そうだ、たまたまだが宇田川という名字は、玄沢の重要な弟子である宇田川玄真や宇田川玄随と同じなのだ。蘭学もやる学者だと名乗ったら、親族と思うのが普通だろう。宇田川も一瞬、びくっとしたようだ。だが、混乱せずに答えた。

「一族ではありますが、かなり遠い。互いに面識はございません。玄真殿や玄随殿のご高名には及びもつかぬ、素人学者のようなもので」

おゆうは、安堵した。まあまあの答えだ。予習してきたに違いない。伝三郎は消化不良のような顔をしているが、宇田川の名が効いたのか、玄沢は一応納得したようだ。

「そうですか。それでわざわざ立ち会いにお見えか」

「御迷惑かとは存じますが」

「なに、この腑分けを言い出されたお人なら、寧(むし)ろ有難い。そちらでご覧なさい」

玄沢は太一郎と伝三郎にも、それでよろしいなと念を押した。二人とも、仕方なさそうにではあるが、承知した。宇田川は礼を言って、ごそごそと懐から取り出した白布を顔に巻き、末席のおゆうの隣に座った。

(まったくこいつめ、どういうつもりなんだ。東京の家の合鍵、持たせるんじゃなかった)

何度も江戸へ来たおかげで、近頃は宇田川も、一人で江戸の装束に着替えることができるようになっている。こんな風に勝手に出入りされては、危なくてしょうがない。しかしここで文句を言うわけにもいかず、おゆうは思い切り宇田川を睨みつけた。

そこでよく見ると、宇田川の耳に紐のようなものがかかっている。おゆうは呆れて顔を顰(しか)めた。宇田川は白布を巻くとき、こっそりその下にマスクを付けたのだ。興味の対象に接するときは抜かりのない宇田川のことだから、医療用のN95に違いない。衛生上は当然その方がいいが、見つかったらどうするんだ、まったく。

「では、始めましょう」

玄沢が重々しい声で言った。玄沢の弟子がまず手を出して、作右衛門の装束を解いてから、瑛伯を振り返った。瑛伯が頷き、蘭方医が外科治療に使うメスを取り上げた。

おゆうは目を逸らした。宇田川だって解剖に立ち会ったりするのは初めてのはずだが、大丈夫なんだろうか。それに、瑛伯はやり方を承知してるんだろうか。解剖時の一般的なY字切開なんて、この時代の医師は知らないだろう。切腹みたいにするのか、縦一線に切ってしまうのか……。

おゆうの心配は、突然不要のものになった。瑛伯が遺体にメスを付けた瞬間、蔵の戸が激しい勢いで叩かれたのだ。

「おい、何をしておるか！　ここを開けろ！」

怒鳴り声が響き、瑛伯が驚いて手を引っ込めた。玄沢とその弟子も、硬直している。一方、伝三郎はしまったとばかりに顔を顰めていた。声の主が誰だか知っているからだ。伝三郎は肩を落とし、おゆうに戸を開けろと目で指示した。

開けた戸口から、戸山が入って来て、その場で仁王立ちになった。

「これは何としたことだ」

一同が声も出せずにいると、戸山は伝三郎に怒声を浴びせた。

「鵜飼、どういうつもりだ。届もなく、勝手に腑分けをしようとしたのか」

「は、それは、如何なる理由で死んだか、何としても確かめる必要が……」

「黙れ！　だからと言って、罪人でもない者を腑分けするなどという法があるものか。そのようなこと、許されるはずがなかろう」

伝三郎は口を閉じて、頭を下げた。

「亡骸を棺桶に戻せ」

戸山は全員を見渡して棺桶を指した。誰もが顔を見合わせたが、まず瑛伯が、続いて太一郎と玄沢の弟子が動き、作右衛門の装束を元通りにして抱え上げ、再び棺桶に納めた。戸山はそれを見届けてから、「まったく、何という……」と苛立った声で呟き、一歩踏み出して玄沢を見下ろした。

「芝蘭堂の、大槻玄沢殿ですな」

「は、いかにも」

玄沢は、腹を括ったように堂々と戸山を見返した。悪びれた様子は一切なく、さすが大物、とおゆうは感心する。戸山も、この人物相手に喧嘩するのは得策でないと思ったようだ。

「南町奉行所内与力、戸山兼良でござる。このことは、我らとしても様々な事情があり、表沙汰にはできぬ。一切他言無用、記録も残してはならぬ。そう承知の上で、お引き取り願いたい」

ふむ、と玄沢は肩を竦めるようにしたが、すぐに丁寧に頭を下げた。

「承知いたしました」

それから戸山を見もせずに立ち上がると、弟子を促し、堂々と蔵を出て行った。瑛伯も医療道具を片付け、伝三郎とおゆうに済まなそうな目を向けてから、玄沢たちに続いて蔵から立ち去った。腹立たしいことに宇田川も、振り返りもしないまま一緒に外に出た。

医師が揃って引き上げるのを確かめ、戸山はこちらに向き直った。まず太一郎の前に立ってじろりと睨む。

「その方は、玄海屋の太一郎か」

「は、はい。左様でございます」

太一郎はすっかり萎縮している。戸山は厳しい顔で告げた。

「しばし外で待っておれ。この親不孝を先祖と御仏に詫びておけ」

太一郎は恐れ入って、腰を折ったまま外へ歩み出た。それを横目で見てから、戸山は伝三郎の前に座った。

「まったく、何をしてくれるのだ。もし世間の知るところとなれば、御奉行にも累が及ぶではないか」

戸山の言う通り、老中の耳にでも入れば簡単には済まなくなる。伝三郎もおゆうも、ひと言も返せなかった。戸山は二人の顔を交互に見て、大きな溜息をつくと、少し声を和らげた。

「内々で調べろとは申したが、こんなことまで勝手にされては堪らぬ。本当に、河村殿も玄海屋も平戸屋も、殺されたに違いないと疑っておるのか」

「は……疑っております」

「それを確かめるために腑分けを企んだなどと言っても、通らぬぞ。蘭方でどんなことがわかるのか知らぬが、もってのほかじゃ」

戸山はおゆうにも矛先を向けた。

「お前は女の身で、よくもこのようなことを。前々からやり過ぎる向きがあったが、今度という今度は……」

「申し訳ございません」

おゆうは慌てて、床に這いつくばった。

「考えが足りませんでした。この上は、責めを……」

「ええい、お前如きが責めを負うなど、百年早いわ。鵜飼、追って沙汰するまで、しばらく謹慎しておれ」

「ははっ」

伝三郎は神妙に手をついた。

「例の調べには、代わりの者を充てる。おゆう、お前はその者の下知に従え」

「は、はい。畏まりました」

おゆうは処分対象にはならないようだ。考えてみれば、岡っ引きは奉行所の雇人でも奉行の家来でもないのだから、十手を取り上げるか牢に入れるかしか、罰しようがないのである。有難いことに、十手召し上げも捕縛も不都合だと、戸山は思ったらしい。この件が片付くまで、おゆうを手駒として使うつもりなのだ。

「あの、戸山様……」

少しだけほっとしたおゆうは、気になっていることをおずおずと尋ねた。

「何だ」

「ここで腑分けをしようとしていることを、どうしてお知りに」

伝三郎が、余計なことを聞くなとばかりに、目を怒らせた。だが戸山は、おゆうをもう一睨みして、答えた。

「お前たちを野放しにしておったわけではない。この一件、一筋縄では行かぬのだ」

「あ……それでは」

おゆうは目を見張った。迂闊だった。戸山は密偵におゆうたちの捜査状況を監視させていたのだ。

「恐れ入りました」

おゆうは再び平伏した。戸山はそれを見て、立ち上がった。

「良いな。これ以上面倒事を起こすでないぞ」

最後に厳しい口調で言い置くと、戸山は蔵を出た。おゆうはようやく緊張が解け、その場にへたり込んだ。

「鵜飼様、私が余計なことを言い出したばっかりに……」

伝三郎が謹慎を言い渡されるのは、これで二度目か、三度目か。申し訳なくて、おゆうは涙ぐんだ。

「おいおい、不景気な顔をするなって。謹慎なんざ、もう慣れっこだ。特にお前と付き合い出してからはな」

伝三郎は冗談めかして、からからと笑った。

「でも……」

「だから気にするな。お前は俺の代わりに働け。本当に三人殺されたなら、何としても下手人を挙げねえとな」

「はい。きっと、そうします」

おゆうは零れた涙を拭いて、伝三郎に誓った。伝三郎も、頼んだぜと頷く。おゆうは堪らず伝三郎の手を握り、目を見交わした。ええ、きっと私が何とかしてみせます。

おゆうはそのまま伝三郎の胸に、顔を埋めようとした。

「あの……戸山様から、もういいと言われましたのですが」

後ろから太一郎の声がして、おゆうは慌てて体を離した。うわあ、こいつがまだいたのを忘れていた。棺桶がすぐ横にあることも。伝三郎が咳払いして、苦笑する。

「ああ。お前さんの父親を、元へ返してやらなきゃな」

「はい、そういたします」

太一郎は改めて父親の棺桶の脇に座り、済まなかったと手を合わせた。

「では……」

参りましょう、と言いかけて、太一郎は周りを見回した。

「三人で?」

「他はみんな、帰っちまったからな」

三人だけで遺体を墓に戻す？　おゆうは呆然とした。宇田川を逃がすんじゃなかった……。

「徹夜作業よ、徹夜作業。しかも墓場で。まったく、あんたがさっさと消えちゃったおかげで……」

翌日、優佳は朝から宇田川に、リモートで悪態をついていた。夜明け前に東京に戻り、三時間ほど仮眠してシャワーを浴びたのだが、まだ何だか気持ちが悪い。

「しょうがないだろ。あの与力に追い出されたんだから」

宇田川は、しれっとして言った。

「だいたい、俺が行くのはそっちの予定に入ってなかったんじゃないか」

今さら何を。

「解剖を言い出したのは、あんたじゃん」

「承知したのは、あんたと鵜飼同心だろ」

「そりゃそうだけど……」

優佳はむっとして宇田川を画面越しに睨む。

「もともと、無理があったんじゃないの。江戸で解剖して、本当に死因がわかるの」

「何を言ってるんだ」

宇田川は、呆れたような顔をして見せた。

「病理の知識もない江戸の医者が解剖しても、内臓が正常なのか異常なのかすら、見分けがつかんだろう。異様に黒ずんでるとか、肝硬変みたいに硬くなってるとか、誰が見てもおかしいってものがない限り」

しかも、変化を見つけたとしても、それが何によってもたらされたのかまでは見抜けまい、と宇田川は言った。

「ちょっと。それじゃあ何よ。江戸の医者が解剖しても無駄ってことじゃない」

何でそれを先に言わないんだ。

「だから、遺体から採った組織片や胃の内容物を持って帰って分析しなきゃ駄目だ、って言ったじゃないか」

宇田川は、優佳の理解が悪いというように、苛立った口調になった。

「そんなもの、私が手を出して採れるとでも？」

想像しただけで、吐きそうになった。

「だろうな。それで俺が行ってみたんだ」

優佳は絶句した。宇田川は、解剖の途中で割り込むつもりだったのか。

「あんただって、解剖の途中でメスを突っ込んで、はい、その部分いただきます、なんてできるわけないでしょう」

「それはその場で、できることをやる」

そんな大雑把な。だいたい、単なる分析屋の宇田川に、病理医の真似（まね）ができるのか。

そう言ってやると、宇田川の顔が急に引き締まった。

「無茶なのはわかってる。だが、死因を知りたいのなら俺がやるしかないだろ」

優佳は言葉に詰まった。確かに、これについては宇田川に頼る他、術（すべ）がないのだ。

無茶をやらせているのは自分自身だと悟り、優佳は「そうだね、ごめん」と俯いた。

「あー、それで、鵜飼同心は謹慎になったんだな。この先はどうなるんだ」

優佳が悪態をやめて素直になったのに照れたか、宇田川の声のトーンが微妙に上がった。わかりやすい奴、と優佳は気付かれない程度に笑う。

「戸山さんが代わりの同心を寄越すでしょうけど、進め方は変わらないと思うよ」

「つまり、連続殺人と仮定して動機を探るんだな」

宇田川が納得顔で言う。

「抜け荷云々についちゃ、ネットで調べてみたのか」

「もちろん。でも、ちょっとした抜け荷レベルじゃ、個々の記録を見つけるのは大変よ」

平戸屋、玄海屋、間宮筑前守などのキーワードを打ち込んでみたが、ネガティヴだった。まあそうだろうな、と宇田川も言う。

「とにかく何か分析できるブツを探せ。必要なら、いつでもそっちに行く。言い忘れたが、ＰＣＲはついこの前二度目を受けて、陰性だったから安心しろ」

「はいはい、そのときはよろしく」

やっぱり宇田川は、江戸へ行く機会を常に狙っているようだ。有難くもあり、危なっかしくもありだな、と優佳は内心で嘆息した。

八

「ま、そういうわけで俺が代わることになったんだが」

次の朝、大番屋でおゆうと源七を前にして、境田左門(さかいださもん)が言った。小柄で童顔、同じ同心でも伝三郎とだいぶ見かけが異なるが、頭の切れは同じかそれ以上、人の懐に入り込むのが得意で、大名屋敷にまで幅広くコネを持つ、なかなかに頼れる男だ。おゆうも、伝三郎の代わりに指名されるなら境田だろうと思っていたが、予想通りになった。

「まったく、腑分けとは恐れ入ったよ。おゆうさん、あんた相変わらず、思いもしない仕掛けをしてくれるな」

おゆうはしおらしく頭を下げた。

「私のせいで、大きな騒ぎを引き起こしてしまいまして。鵜飼様ばかりか境田様にもご迷惑を」

今に始まったこっちゃねえだろ、と境田が揶揄(やゆ)し、源七は「そうですねェ」と少々引きつった笑みを浮かべた。

境田に呼ばれる前、源七には腑分けのことを黙っていたのを詫びておいた。それを聞いた源七は、まともじゃねえとばかりにしきりに首を振ったが、自分が外されていたことには、却ってほっとしている様子だった。

「そんな罰当(ばちあ)たりなことに付き合わされなくて、助かったぜ」

源七は怖気(おぞけ)を震いながら言った。罰当たり、というのは江戸の一般の人々の真っ当な感覚だろう。

境田は笑みを消すと、眉間に皺を寄せた。

「とにかく、だ。伝さんが謹慎で俺がこっちに引っ張り出されたら、南の定廻りは四人になっちまう。それじゃあ、とても仕事が回らんから、俺はこっちにそれほど手をかけられねえ。大方はお前さんたちに任すぜ」

「え、あっしらでやるんですかい」

源七は目を丸くした。

「ですが旦那、御奉行様からの内々の御指図なんでしょう。あっしらだけじゃあ……」

「なァに、お前さんたちなら大丈夫だ。肝心要のところでは、俺ももちろん出て行くから。助けが要るなら、当てにできる岡っ引きを何人か引き込んでもいいぜ。もっとも、内々の御指図ってところだけは、喋るなよ」

「はァ……わかりやした」

源七は不安そうにおゆうの方を向いた。さすがに要領のいい境田だ。おゆうたちを持ち上げておいて、丸投げする気らしい。おゆうは取り敢えず、何とかなるでしょうと源七に微笑んだ。

「で、旦那、次はどっから取り掛かりやしょう」

「うん、伝さんから聞いてるだろ。まずは亀屋、それから朝倉屋だ。それと、蜻蛉何ちゃらって怪しい女について、他にわかったことはないか」

「いや、まだそれほどは。住んでる家は見つけやしたが」

「手下に見張らせたりはしてねえのか」

「それも考えたんですが、白金まで二里くらいありやすからねぇ。ちっと遠過ぎて。幸い、近くに知り合いの岡っ引きがいますんで、そいつに目配りを頼んどきました」

源七が言うには、白金界隈でも蜻蛉御前は相当胡散臭がられているので、その岡っ引きもすぐに了解したそうだ。だが、事情を詳しく話せなかったので、二十四時間体制の監視まではできていない、ということらしい。

そうかと頷いてから、境田は二人に向かって言った。

「よし。それじゃ、おゆうさんは亀屋と朝倉屋だ。源七は蜻蛉御前をもっと洗え。伝さんも言ったと思うが、経験からすると、ああいう女にゃ大概紐が付いてるもんだ」

それだけ告げると、境田はいかにも忙しそうに、それじゃよろしくと席を立った。

おゆうの脇で、源七が「まいったな」と頭を掻いた。

浅草西仲町の亀屋は、江戸でも指折りの大きさと言うだけあって、間口は十四間、奥行きはその倍くらいありそうだった。昼食時間にはまだ少し早いが、既に十組ほどの客が入っているらしい。おゆうは帳場の奥の座敷で、当主の欣吾郎と向き合っていた。

「六日前でございますね。はい、玄海屋さんと朝倉屋さんは、間違いなく手前どもにお越しでした。暮れ六ツ（午後六時）頃から、夕餉をなさいました」

作右衛門と同年輩の欣吾郎は、他人事ではないというように粛然とした。

「玄海屋さんはその晩遅くに、お亡くなりになったのですね。いや、本当に驚きました」

「店に来られたとき、お会いになりましたか」

「はい、お座敷へご挨拶に伺いました。あのときはお元気のようでしたのに、突然だったのですなあ」

「こちらへは、よくお越しに？」

「いえ、朝倉屋さんはお近くですから度々お越しですが、玄海屋さんは二、三度でしょうか」

「そうですか。その二、三度ですが、お相手はいずれも朝倉屋さんでしょうか」

「はい、確かそのはずです」

やはり作右衛門は、朝倉屋と会うときだけここに来ていたようだ。朝倉屋がここを会合場所に指定したのだろう。

「お二方はどんなお話をされていたか、わかりませんか」

「いいえ、初めにご挨拶をさせていただいただけですので」

欣吾郎は、聞き耳を立てるような無作法な真似はしない、とでも言うように、しかつめらしく答えた。

「ですがお二方とも、書画を好まれると聞きますので、そのお話では」

太一郎もそんなことを言っていたが、もしそうだとしても、本当の用向きを隠すための方便ではないか、とおゆうは考えていた。

「食べた料理は、お二人とも同じものですか」

「え？　はい、同じだったはずですが」

「玄海屋さんだけが特に注文したものは、ないんですね？」

念を押すと、欣吾郎は眉間に皺を寄せた。

「あの、もしや食あたりのようなことをお疑いでしょうか」

「いえいえ、玄海屋さんが亡くなったのは、心の臓の発作のようです。ただ、念のためにお尋ねしています」

「ははあ、心の臓に悪いものを食されたのでは、とご心配で」

欣吾郎は首を傾げる。

「板長に確かめてみますが、まずそのようなものは……」

「ああ、どうかあまりお気になさらず」

おゆうは愛想笑いを浮かべた。無論、食材のせいなどとは思っていない。

「こちらの板場では、長くお勤めの方が多いのですか」

聞きたかったのは、そちらの方だ。欣吾郎は、即座に返答した。

「板前は十人おりまして、一番若いので二年前からです。後は充分修業を積んだ者たちで、腕の方は心配ございません」

「さすがは亀屋さん、十人もおられるんですね。では、仲居さんは」

「お運びの者は、三十……五人ほどおります。これは度々入れ替わりますが」

なるほどね、とおゆうは思う。主人の欣吾郎が人数を明確に言えないほど、入れ替わりが多いのだ。常時三十人以上も雇っているなら、そんなものだろう。

「口入屋さんを通して、ですか」

「はい。親戚や店の者、辞めた者などからの紹介も多いですが」

「わかりました。では、あの晩、玄海屋さんと朝倉屋さんのお座敷に付いた仲居さんに、話を聞きたいんですが」

「え？　はい、承知しました」

欣吾郎は襖を開けて、帳場に該当する仲居が誰か調べて呼ぶよう、告げた。

「でも親分さん、うちの仲居は膳を運ぶだけですぐ下がりますから、何も見聞きしてはいないはずですが」

「わかっています。これも、念のためです」

おゆうは怪訝な顔をする欣吾郎に、微笑んだ。


呼ばれて来た仲居は、おみのと名乗った。年は二十八で、主任的な位置づけの寡婦(かふ)らしい。おゆうは早速、玄海屋と朝倉屋の様子を聞いてみた。

「はあ。お元気そうで、別にこれと言って……」

おみのは、上目遣いに欣吾郎をチラ見して、訥々(とつとつ)と話した。

「ただちょっと、難しい顔をなさってましたので、心配事でもおありかと……」

欣吾郎の目が、一瞬険しくなった。客の個人情報を気安く喋るな、と注意を促したようだ。おみのは身を竦め、「他には、ございません」と言った。

「そう。いえもう、それだけで充分ですよ」

おゆうができるだけ優しく言ってやると、おみのは恐縮したように一礼して、退出した。

それを目で見送ってから、おゆうは欣吾郎に改めて礼を言った。

「さて、お手間を取らせました。ありがとうございました」

「ああ、もうよろしゅうございますか」

難しいことにならずに安堵したらしく、欣吾郎の肩が下がった。欣吾郎が昼の膳でもと言うのを辞退すると、お役目ご苦労様ですと紙包みを差し出してくる。断るのは無粋なので、有難く頂戴しておいた。

亀屋の表口を出たおゆうは、次の角まで進んでから、さっと裏路地に入った。そのまま亀屋の裏手まで、路地を戻る。

亀屋の裏木戸は、すぐに見つかった。そこでしばらく待つ。桶を担いだ魚屋が一人、木戸を入り、十五分ばかりで出て来た。木戸が閉まるとき、閂（かんぬき）が掛けられなかったのを音で確かめると、おゆうは魚屋が遠ざかるのを待って、木戸を押し開けた。

木戸の近くに井戸があり、仲居と洗い場担当の下女中らしいのが三人ほど、桶に水を汲（く）んでいた。その先は、厨房（ちゅうぼう）のようだ。下女中がおゆうに気付き、誰だとばかりに眉をひそめる。

「ちょっと、あんた……」

下女中が咎めようとするのを、唇に指をあてて「しーっ」と黙らせ、帯の十手を示した。女たちが、目を丸くする。

「おみのさんは？」

小声で聞くと、仲居が厨房を指した。

「呼んで。他に気付かれないように」

仲居は無言で頷いて厨房に入り、一分もしないうちにおみのを連れてきた。引っ張り出されて不機嫌な顔をしていたおみのは、おゆうを見てあれっと声を上げた。

「さっきの女親分さん……どうしたんです」

おゆうは声を低めるよう言って、おみのを木戸の方へ引っ張った。

「ちょっとだけ、出ましょう。手間は取らせないから」

「はあ……でも、どうして」

「旦那がいる前じゃ、話しにくいでしょ」

訳知り顔を作って言ってやると、おみのは困った様子だったが、結局おゆうに従って裏木戸を出た。

二十間ほど先に、小さな稲荷の祠があった。おゆうはその陰におみのを連れて行った。

「あのう親分さん、何なんです」

旦那に知れると厄介だ、とばかりにおみのは躊躇っている。おゆうは心配するなと言ってやった。

「旦那の耳に入ることはないから。知ってることがあるなら、黙っとく方が面倒よ」

おみのは、「はあ」と生返事をした。が、目付きからすると言いたいことはあるようだ。よしよし、目を付けた通りだとおゆうはほくそ笑む。河村と平戸屋が行った菊松などと違い、亀屋のように三十数人もの仲居や下女中が短期雇用されているなら、彼女らの店への忠誠心は低く、口も緩いはず、と推測していたのだ。

「実はその、盗み聞きしようなんて気はもちろんなかったんですけど、ちょっとだけ耳に入っちまったことがあって」

その調子よ、とおゆうは目で促す。おみのは一度口籠ったが、先を続けた。

「二の膳を運んだとき、失礼しますって声をかけようとしたら、話が聞こえたんです。それが、抜け荷とか長崎とか、ちょっと穏やかじゃないなと思って……」

「抜け荷？　間違いなくそう言ったの？」

意外にもどんぴしゃりな言葉が出てきて、おゆうは驚いた。おみのは、間違いないですと応じる。

「どういうお話の流れかはわかんないですけど、抜け荷って言葉はちゃんと聞こえました」

「そう……」

言葉が出たからと言って、玄海屋が抜け荷をやっているということにはならないが、全体としてどんな話だったのかは、非常に気になる。だが、考えるのは後だ。

「他には、何か聞こえた？」

「ああ、はい。何か、薩摩（さつま）って言葉も聞こえたような」

「薩摩ですって？」

抜け荷プラス薩摩。これは面白いことになってきた。

「それだけです。じっと聞いてるわけにいかないし」

「わかった。ありがとう」

成果としては充分だ。おゆうは読みが当たったのに満足し、おみのを返そうとした。が、おみのはまだじっとおゆうを見ている。他にも何かあるようだ。

「どうしたの。もっと気付いたことがあるの」

「あ、いや、気付いたと言うか」

おみのは首を傾げている。

「実はそのとき、二の膳を運んだもう一人の仲居なんですけど、知らない顔だったんです」

「そうなの。雇われてすぐの子だったのね」

それがどうしたんだ、と思ったが、おみのはかぶりを振った。

「いえ、私くらいの年恰好（としかっこう）の綺麗な人だったんですけど、後にも先にもそのときだけしか見てないんです」

え、どういうこと？　その意味に気付いて、おゆうはぎくりとした。

「玄海屋さんと朝倉屋さんの座敷にお膳を運んだときだけ、その人がいたって言うのね」

「はい。あれは誰だっけ、って後で他の仲居に聞いたんですけど、誰も知らないんです」

「その人、どっちにお膳を置いたの」

「ええ、玄海屋さんの方です」

そういうことか……。おゆうはぐっと拳（こぶし）を握りしめた。

「わかった。このこと、誰にも言っちゃ駄目よ。いいね」

「え……は、はい」

おゆうの言い方に、不穏なものを感じたのだろう。おみのの目に、怯（おび）えのような影が浮かんだ。

亀屋を後にしたおゆうは、ふと思い立って馬喰町に入り、「さかゑ」の縄暖簾をくぐった。源七の女房、お栄がやっている店だ。

「あらおゆうさん、いらっしゃい」

お栄が厨から出てきて、にこやかにおゆうを迎えた。十九の年に源七が口説き落として一緒になり、今では四人の子持ちで少し肉付きも良くなったが、変わらず別嬪である。お栄は昼の膳は干し鯖と茄子だよと言い、おゆうがそれお願い、と返事すると、厨にいる料理人の兼吉に声をかけてから、おゆうの向かいに腰を下ろした。

「何だか、うちの宿六の話じゃ、また上のお方から面倒事に引っ張り込まれてるんだって？　鵜飼様も謹慎になっちまったって聞いたんだけど」

他に聞こえないよう注意してか、お栄は小声だった。おゆうは眉を下げて頷く。

「そうなの。私が余計な事させちゃったもんだから」

「あら、やっぱり」

お栄は笑って、境田と同じように「今に始まったことじゃなし」とおゆうの肩を叩いた。

「謹慎たって、鵜飼様ならあんまり気にしないでしょう。夜になったらまた、こっそりおゆうさんのとこへ来るんじゃないの」

「そうかも、ですけどねえ」

おゆうもそれを期待している。境田だけでなく伝三郎にも調べたことを報告して相談したいのだが、八丁堀の役宅には行きにくかった。そちらには伝三郎の身の回りの世話をする小者の爺さんがいるだけで、おゆうのことも見知っており、出入りはフリーなのだが、周囲の与力同心の奥方たちの目がある。岡っ引きが同心の家に行くことは何もおかしくないが、おゆうは伝三郎の愛人或いは妾と理解されているので、普段でも見下したような冷たい目で見られるのだ。まして今は謹慎中である。遠慮せざるを得ない。

「へい、どうぞ」

兼吉が飯と味噌汁と鯖と茄子田楽の載った膳を、おゆうの前に置いた。

「ありがとう。うーん、いつも美味しそう」

おゆうはお栄に微笑みかけ、茄子を口に運んだ。茄子はほど良く柔らかく、甘辛い味噌の風味がふわっと広がる。「さかゑ」の料理は菊松や亀屋のように凝ってはいないが、素材を生かした季節の味を安く味わえるのだ。この頃は、神田のカレーや新宿のイタリアンより、こっちの方が好みになってきている。

「そうだ、兼吉さん」

茄子を摘みかけて、おゆうは思い出した。菊松が仕出しで、平戸屋市左衛門にだけ供した皿は、茄子田楽だった。

「へい、何でしょう」

厨房に戻っていた兼吉が、再び顔を出した。

「変なこと聞くんだけど、茄子田楽に毒を仕込むとしたら、難しいかな」

お栄も兼吉も、「えっ」と目を瞬いた。が、すぐに「ああ」と了解する。

「そいつをお調べなんですね。ええ、茄子に限らず、田楽なら使えるかもしれねえ」

「と言うと？」

「茄子に仕込むのは難しいが、味噌の方なら味も香りも強いから、混ぜ込めば気付かねえでしょう」

「あ、そうか」

おゆうはたっぷり味噌を塗った茄子を箸で持ち上げ、納得の笑みを浮かべた。そら豆の方に毒を入れるのは難しそうだ。市左衛門の膳だけに茄子田楽が供されたのは、毒殺には誠に好都合だったわけだ。

お役に立ちますかい、と言う兼吉に、おゆうは「助かった。ありがとうね」と礼を言った。

「おゆうさん、今度は毒の殺しなの？　聞いちゃいけないんだろうけどさ、うちも料理屋の端くれだから気になり……」

お栄が言いかけたところで、暖簾を跳ね上げる勢いで駆け込んできた者がいる。千太だった。

「あれ、千太さん、何を慌ててんの。お腹空いてるの？　おにぎり出そうか」

荒い息をついている千太に、お栄が話しかけた。千太は大急ぎで手を振って、それどころじゃないとばかりに、おゆうに言った。

「姐さん、ここにいたんですかい。すぐ来てくんなさい」

「えっ、何事よ」

おゆうは箸を持ったままで尋ねた。千太は深呼吸して息を落ち着かせてから、一気に喋った。

「蜻蛉御前です。今度は朝倉屋で騒ぎを起こしてます」

第三章　巫女と毒薬

九

蔵前の朝倉屋の前は、四、五十人ほどの群衆に取り囲まれていた。仕事中のはずの棒手振り（ぼてふり）まで加わって、玄海屋のときより人数が多い。

人垣をかき分けると、店の正面で蜻蛉御前が看板を睨むように立ち、榊を振り上げていた。おゆうはデジャヴュを覚えた。看板の店の名が違う他は、玄海屋と全く同じではないか。

「おお、皆の者よ、この黒い気が見えぬか。全ては行いじゃ。行いを改めよ。今企みしことを捨て去れ。さもなくば災いが訪れようぞ。思い知ることになろうぞ……」

蜻蛉御前は、リズムを取るようにして体を動かし、声を強めたり弱めたりしながら、朗々と語り続けている。時に観衆に蠱惑（こわく）的な笑みを向け、何人かの男がぶるっと肩を震わせた。

あまりにも芝居がかってるじゃないの、とおゆうは不快になった。人々の注目を楽しんでいるようにすら見える。

「おいおい、黒い気なんて見えるかい」

「へっ、俺たちなんぞに見えるもんか。あのお人にゃ見えてんのかもしれねえが」

「こいつは玄海屋と同じじゃねえか。朝倉屋も、何か悪いことをやってるのかね」

「玄海屋はあの後、ぽっくり逝っちまったんだろ。ここも同じ目に遭うのかね。ああ、くわばら、くわばら」

見物の連中は、朝倉屋と蜻蛉御前を指差して、口々にそんなことを言っている。まずい状況だ、とおゆうは顔を顰めた。

「それにしても、いい女じゃねえか。あんな女なら、俺も祟られてみてぇや」

鼻の下を伸ばしながら、不謹慎なことを言う奴もいた。もう止めさせなくては。おゆうは十手を抜いて掲げると、蜻蛉御前の前に出た。蜻蛉御前が顔を向け、ニヤリと笑う。

「ほう、またお前か」

「あんた、どういうつもりよ。今度は朝倉屋さんに言いがかり？　幾ら払わせる気なの」

野次馬たちに、強請りたかりの類いと思わせるよう、声を大きくして言った。が、何人かが否定的に首を傾げただけで、あまり効果はなかったようだ。その代わりに、こいつァ別嬪同士の合戦だ、見ものだぜ、なんて声が聞こえる。まったく、男どもときたら。

「ふん、たかりに来たと言うつもりか。馬鹿馬鹿しい」

蜻蛉御前がせせら笑う。

「わらわは、天の声を伝えるだけじゃ。朝倉屋に行いを正す気がなければ、きっと報いが訪れよう。全ては神の為せる業じゃ」

蜻蛉御前は、榊を大きく振り回した。枝が当たりそうになっておゆうは身を引いた。その隙に、蜻蛉御前はすっと背を向け、瞬く間に人垣の外に出ていた。野次馬たちは、感心したように唸ったり囃(はや)したりしながら、その姿を見送った。

「姐さん、どうします。尾けますかい」

千太が駆け寄り、耳元で言った。おゆうは小さくかぶりを振る。

「尾けられたくないときは、またすぐに撒くでしょう。だから、今尾けても無駄よ」

「そうスか」

前回撒かれた失点を取り戻したかったらしい千太は、口惜しそうに遠ざかる蜻蛉御前の後ろ姿を睨んだ。

「あの女の家は、近所の親分が目配りしてくれてるって話だったよね」

「ええ。それで蜻蛉御前が動き出したのに気付いたそっちの親分から繋ぎがありやしたんで、うちの親分と藤吉が行ってるはずです。留守の間に、家ン中を調べてると思いやすが」

「わかった。そんならいい」

江戸で留守中の家宅捜索をするのに、令状などはもちろん必要ない。だが蜻蛉御前も調べられるのは承知だろうから、見つかって困るものは置いていないか、巧妙に隠してあるだろう。成果は期待薄だった。

「それにしてもあの女、何でこんなことを続けるんですかねえ」

千太は首を捻っている。おゆうもそれについてはだいぶ頭を悩ませたが、こうだろうという考えはできていた。

「たぶん、二つあるね」

二つ、と千太が驚いた顔をする。

「一つは江戸の町の人たちに、玄海屋や朝倉屋が後ろ暗いことをしているように思わせること。そうやって、信用を落とす」

「嫌がらせみてぇなもんですかい」

「ええ。それに、何か起きても悪いのは玄海屋や朝倉屋の方じゃないかと、人が考えるように刷り込んでるのよ」

互いに知り合いの大店の主人が相次いで死ねば、いろいろ詮索する連中が出てくる。それは犯人にとっても邪魔だから、誤った方向に誘導する気なのだ。宇田川なら、そんなことを人が信じるかと嗤うだろうが、江戸の人々は信心深い。結構、効き目があるだろう。

「なるほど。もう一つは」

「脅しよ。今やってることから手を引かないと、玄海屋みたいにお前もぽっくり死ぬぞ、てわけ。たぶん、こっちの方が大事」

もし朝倉屋の他にも仲間がいるなら、そちらへの警告も兼ねているだろう。千太が目を見張った。

「さすがは姐さんだ。で、何から手を引かせようってんで?」

「馬鹿ねえ。それをこれから調べるんじゃないの」

ああ、そうかと千太が額を叩いた。

「じゃあ、あんたは境田様を見つけて、知らせておいて。それから、源七親分のところに行って手伝うといい」

「承知しやした。で、姐さんは」

おゆうは目で朝倉屋を示した。千太は了解し、両国橋(りょうごくばし)の方へ小走りに去った。

奥の座敷で向かい合った朝倉屋元蔵(げんぞう)は、深い憂いを帯びた顔でおゆうに言った。

「まったく、どうしてあのようなお人がうちの店に。黒い気が満ちているだの、行いを正せだの、とんと覚えがございません」

五十五になる元蔵の額には、深い皺が刻まれていた。傾きかけた店を立て直した苦労人と聞くが、この皺は今までの辛苦よりも、今目の前にある何かを心配してのものと思えた。

「あの蜻蛉御前は、玄海屋さんにも現れました。亡くなる前の日と、お通夜の日です。ご存じですか」

「はい、存じております。やはり玄海屋さんの悪行を言い立てていた、とのことですが、玄海屋さんが悪事を働くなど、あり得ぬと思っております」

元蔵は、きっぱりと言い切った。嘘はないようだが、作右衛門も自分も、恥じることは何もない、と真っ直ぐにおゆうを見つめる。おゆうは敢えて聞いた。

「世間では、同様に亡くなられた元長崎奉行所の河村様、唐物商の平戸屋さんと組んで、抜け荷をしていたのでは、との噂が出回り始めています。如何思われますか」

「あの女や世間様が何と言おうと、抜け荷などありません」

この答えも明快だった。

「ではお聞きしますが、朝倉屋さんは玄海屋さんだけでなく、河村様や平戸屋さんもよくご存じだったのですね」

三人とも抜け荷などしていない、と断言するからには、単に面識があるというレベルの知り合いではないはずだ。そこを衝くと、元蔵はうっと眉を上げたが、「はい、左様で」とすぐに認めた。

「そうですか。先に調べさせていただきましたが、河村様の知行米の取り扱いは、他の札差がなさってますよね。平戸屋さんと商いの繋がりがあるとも思えませんし、この方々とはどういう関わりですか」

「それは……」

元蔵が口籠る。

「平戸屋さんには、玄海屋さんのように書画のご趣味はありませんよ」

駄目を押すように言うと、元蔵は目を下に逸らした。

「実はその……少々込み入っておりまして。それぞれの商いに関わること、とだけは申せますが……」

「それなら、河村様はどう関わるのです」

元蔵は、また言葉に詰まった。おゆうは膝を進め、元蔵に迫る。

「朝倉屋さん、三人もの方が亡くなっているんですよ。この方々と組んで何かをなさっているのであれば、お教えいただけませんか。もしそうなら、次に狙われるのはあなたなんですよ」

元蔵が、見てわかるほどに青ざめた。

「では……御奉行所は、お三方は殺されたものとお考えなのですか」

「正直に言うと、まだ決め手を欠いています。ですが、まさか蜻蛉御前の言うように、天罰だか何かで亡くなった、とはお思いにならないでしょう」

元蔵は肩を強張らせた。よく見ると、膝に置いた拳が微かに震えている。もうひと押し、とおゆうは思った。

「もしや、薩摩に関わりがあることではありませんか」

おゆうは、亀屋のおみのが耳に挟んだことを、ぶつけてみた。これは手榴弾並みの効果があったようだ。元蔵は、文字通り飛び上がった。

「どっ、どうしてそれを……あ、いや」

慌てて打ち消そうとしたが、もう遅い。元蔵は大きな溜息をついた。

「薩摩に関わる、何をされているのです。お話しいただけませんか」

おゆうが促しても、元蔵はまだ躊躇っている。が、少し待つと諦めたように、ぼそりと言った。

「これは、町方の皆様に申し上げていいものかどうか……」

何？　町方では扱えないような話なのか。

「朝倉屋さん、もしかして薩摩の島津様に大名貸しを？」

大名家の蔵米を扱う札差は、それを担保に大名家に多額の貸付をしている場合が多い。貸付先と額は町奉行所も把握していないが、薩摩ほどの大藩なら、相当な借入額を抱えているだろう。その返済について、何らかのトラブルが起きていても不思議ではない。

「それにつきましては、今はご容赦のほどを」

元蔵は、畳に両手をついた。

「おゆう親分さん、これは手前だけで済む話ではございません。しばし時をいただけませんか。後日必ず、全てお話し申し上げます」

今日のところは何卒、と元蔵は懸命に頼んできた。他に誰が加わっているのかわからないが、関係者一同で相談して、町方にどこまで説明するか決めるのだろう。であれば、今ここで朝倉屋を揺さぶっても、これ以上の答えは得られまい。しかし、作右衛門も明日には話すと言ったその晩、亡くなってしまったのだ。

「長くは待てませんよ。あなたの命にも関わることなんです」

「はい。二日だけ、何とか」

元蔵の様子からすると、それがぎりぎり一杯らしい。

「わかりました。そのときは、八丁堀の方もお連れいたします。ですので、必ず」

おゆうは念を押して、席を立ちかけたが、ひと言付け加えた。

「しばらく、料理屋に行くのも仕出しを頼むのも、控えてください。口にするものにも、充分に注意して」

元蔵は、言われた意味がわかったようだ。一瞬顔を引きつらせ、そうしますと答えた。

その晩、暗くなってから、お栄が予想した通り、伝三郎がやって来た。期待して待っていたおゆうは、喜んで迎えた。

「謹慎中なのに、よく来て下さいました。嬉しいです」

一杯の笑みを浮かべてすり寄ると、伝三郎は照れ笑いした。今日は羽織なしの着流しで、刀も脇差だけだ。無論、十手もない。

「八丁堀を出るときは、だいぶ気を遣ったぜ。うちの爺さんは黙ってるが、ご近所に見られるとうるさいからな」

小者の爺さんはあんまり喋らないし、一人で座敷に座ってるだけじゃ、滅入っていけねえ、などと伝三郎は言いつつ、奥の六畳に腰を下ろし、ごろんと腕枕で横になった。おゆうは買っておいた酒と肴を用意する。鰻(うなぎ)の蒲焼(かばやき)を炙(あぶ)り直していたら、伝三郎が嗅ぎ付けて鼻をひくひくさせた。

「鰻か。いい匂いだなあ」

「元気づけですよ。お酒は冷やでいいですか」

ああ、頼むわと伝三郎が言う。

「今日はどうした。亀屋と朝倉屋か」

「ええ。それがね、朝倉屋に蜻蛉御前が来たんですよ」

「何、あの女、朝倉屋にもちょっかいをかけてきたか」

伝三郎は目を見開いて、起き上がった。その前に、おゆうは酒と盃の載った膳を置いた。

「で、どうだったんだ」

「玄海屋のときと、寸分違わずです。すぐに朝倉屋の旦那さんに、話を聞いたんですけど」

おゆうは酒を注ぎつつ、元蔵とのやり取りを一部始終、話した。

「薩摩が出て来ただと」

伝三郎は、唸るように言った。

「どうも話が大きくなってきたな。左門には言ったのか」

「はい、全部お知らせしてあります」

「あいつの見方は」

「朝倉屋との繋がりは大名貸しだろうが、河村様たち三人となると、境田様も首を捻っておられました」

あいつでもわからんか、と伝三郎は渋い顔で盃を干した。

「ただ薩摩って、抜け荷をしょっちゅうやってるんでしょう」

薩摩が、藩ぐるみで清国などとの抜け荷をやっているのは、公然の秘密だ。薩摩の港や長崎のみならず、琉球支配を任されているので、そちら経由のルートも取れる。が、これを聞いた伝三郎はちょっと眉を上げた。

「左門から聞いたのか」

「え、ああ、そうだった、と思います」

実は前にネットで拾っていた話だ。おゆうは慌てて誤魔化した。伝三郎は、そうかと頷く。

「その通りだ。もちろん、抜け荷でないちゃんとした交易もあるがな」

「河村様たちがそれに与していたとも、考えられますけど……」

作右衛門にしろ元蔵にしろ、関係した者は皆、抜け荷の疑いをきっぱり否定している。

「逆ってことはないでしょうか。薩摩の抜け荷を妨げようとした、とか」

「それで薩摩に邪魔者扱いされて、消されたってのか」

ふむ、と伝三郎は盃を置き、腕組みしてしばらく考えた。

「河村様が御役目として抜け荷を取り締まろうとするのは、当然だ。しかし、玄海屋や平戸屋がどう関わるんだ。あの連中、薩摩との取引があるのか」

「いえ、玄海屋さんの船は上方までしか行ってませんから、島津様と直に取引することはないと思います。平戸屋さんも、出島との取引が主ですし」

「だったら、河村様があの二人を引き込む意味がわからん」

「それも……そうですね」

抜け荷絡みの説には、どちらにしても無理があるようだ。薩摩の抜け荷については後でネットで検索することにして、おゆうは話を変えた。

「あの、気になってることがあるんですけど」

「うん？　ははあ、見当はつくぜ」

伝三郎はおゆうの顔を覗き込んで、笑みを浮かべる。

「まだ戸山様の密偵に見張られてるのか、って苛ついてるんだろ」

「お見通しでしたか。えへへ」

おゆうは恐れ入ったような顔をしてから、舌を出した。

「腑分けのことがばれてから、だいぶ周りを気にしてるんだが、それらしい奴は見えねえな。まあ、八丁堀を見張ろうてんだ。向こうもそう簡単に見つかるような間抜けじゃあるめえ」

ですよねえ、と言ってからおゆうは首を傾げる。

「でも、戸山様にしては大袈裟（おおげさ）と言うか……前はこんなことまで、なさいませんでしたよね」

「それはだな……」

伝三郎はまた考え込んだ。

「戸山様は御奉行の御指図で動いてる。御奉行への忖度、じゃねえかな」

「忖度って、何をです」

「この一件、ずっと抜け荷の疑いがあったろ。戸山様も、それを考えてるんだろう」

「まだ話が見えませんが」

「まあ、何と言うか」

伝三郎は、言葉を探すように顎を掻いた。

「もし、薩摩を巻き込んだどでかい抜け荷の話が裏にあるなら、下手に表に出したくねえのさ。河村様が絡んでるなら、筑前守様と御奉行が同役だったときのことになる。もし河村様だけでなく筑前守様も噛んでいたとしたら、どうだ」

おゆうは驚いて目を丸くした。

「ありそうなんですか」

「いやいや、例えばの話さ」

伝三郎が慌てて打ち消した。

「けどな。もしそんなことがあれば、同役として互いに見張らなきゃいけねえ立場の御奉行は、何をやってたんだって話になる。それはまずいだろ」

ああ、とそこまで聞いておゆうも理解できた。間宮筑前守が大掛かりな抜け荷に関わっていたら、同じ長崎奉行として相互監視する立場の筒井和泉守も、監督不行届きか、下手をすると共犯を疑われかねない。そんなことになり得る気配が出たら、戸山は即刻蓋をするつもりで、おゆうたちを監視させていたのだ。

「戸山様も、いろいろ大変だよな」

犯行を突き止めたくておゆうたちを動かしたのに、一方でそんな気遣いもしなくてはならないのが、戸山のジレンマだった、と伝三郎は言いたいのだろう。

「だいたいわかりましたけど、本当にお役人って……」

いつの時代も、役人や勤め人は、上司への忖度に振り回されるのか。やれやれ、それを考えると溜息しか出ない。

「まあそう言うな。お前も飲めよ」

伝三郎が苦笑しながら、酌してくれた。有難く頂戴するが、おゆうは別の心配をしていた。まだ戸山の密偵の監視下にあるなら、宇田川がこっちに来るとき、充分注意させねばならない。宇田川まで監視されたら、非常に厄介だ。

「世知辛いですねえ」

様々な意味で言ってから、おゆうはもう一杯、手酌で呷った。

パソコンの画面の向こうの宇田川は、夜の十一時過ぎでも疲れた顔はしていなかった。いや、いつも同じような顔なので、疲れているのか元気なのか、判別し難いだけか。

「薩摩か。へえ」

宇田川は優佳の話を聞いて、面白くなってきたなと面白くなさそうな顔で言った。

「全部薩摩藩の陰謀なのか」

「だから、わかんないってば。そんな話、歴史上にないでしょ」

少なくとも、それは確認してあった。薩摩の抜け荷三昧は史実だが、それ以上の話はない。ただ、かなりの財政難に陥っていることはわかった。朝倉屋からも、相当な金額を借り入れていることは想像できる。

「それよりさ。腑分けは失敗しちゃったけど、他に何か死因究明の手はないの」

面倒はこっちに押し付けてさっさと消えたんだから、何とか答えを探してほしかった。ふん、と宇田川が鼻息とも呻(うめ)きとも取れる音を出す。

「もう一度、わかってる症状を見直して、いろいろ当たってみた」

ほう、ちゃんとやってくれてたんだ。今は宇田川のラボもリモートワークが主だから、時間の融通は結構利くらしい。

「何かわかった？」

期待して身を乗り出す。宇田川は表情を全く変えずに、言った。

「多少は」

えっ、と優佳は勢い込んだ。

「何が原因だったの」

「いや、断定にはほど遠い。幾つか考えられることはある、というレベルだ」

「断定はできないのね」

「分析するサンプルがなきゃ、どうにもならん」

やっぱりそうか。優佳は肩を落とした。

「薩摩のこと以外、そっちはその後、動きはないのか」

逆に宇田川の方から尋ねてきた。あるよ、と優佳は応じる。

「蜻蛉御前が、朝倉屋に来たの」

「へえ、そうなのか」

宇田川の眉が、ちょっと動いた。

「じゃあ、次は朝倉屋が死ぬな」

優佳はコケそうになる。

「何を言ってくれるのよ。こっちはそれを止めようと頑張ってるのに」

「そりゃそうだろうが、朝倉屋に何かあったら、サンプルを採れるじゃないか」

「あ……それはできるかも」

宇田川の言う通りだ。腑分けのような大掛かりなことはしなくても、例えば血液採取程度なら可能かもしれない。

「よし、何か起きたらすぐ呼べ。準備しとく」

「あー……うん、わかった」

優佳は続いて、戸山の密偵のことを警告しようとした。が、その前に宇田川はリモート会議を退出していた。

宇田川はあんなことを言ったが、おゆうとしては朝倉屋の命を守らねばならない。証言がまだ得られていないことも問題だが、やはり江戸の目明しとして、誰であろうと不審死を防ぐのは当然のことだった。

「また夜通しの見張りですかい」

伝三郎がおゆうの家に来る少し前、藤吉を摑まえて、朝倉屋を見張るよう命じたのだが、げんなりした声が返ってきた。ずっとあちこち駆けずり回り、白金まで行ったりしたので、だいぶお疲れのようだ。前夜もほとんど寝ていないらしい。

「わかってるけど、もし朝倉屋さんに何かあったら、取り返しがつかないのよ。辛抱して」

境田が言ったように他の岡っ引きの応援を頼む手もあったが、説明するのが厄介だった。時間もないし、ここは藤吉に我慢してもらうしかない。

藤吉は不承不承、朝倉屋の見張りについた。今は九ツ半、つまり午前一時で、それから四刻半ほど経っている。あいつ居眠りしてないだろうな、などと思うが、仕方がない。おゆうも宇田川とのリモート会議を終え、一時間前に江戸へ戻っていた。一応床に入ったものの、何があるかわからない、との予感が強く働き、寝付けないままだ。

(料理屋にさえ行かなければ、毒殺を防げるんだろうか。いや、まだ料理に毒が入っていたという証拠はないし、他の方法でも可能では?)

考え出すと、きりがなかった。毒には鼻から吸入するものも、皮膚から浸透するものもある。注射針だって使える。鍼医者に化ける? 傘の先に仕込んだ針を使う? いやいや、ひと昔前のKGBじゃあるまいし……。

いきなり、戸が叩かれた。おゆうは驚いて跳ね起きる。

「姐さん、姐さん、やられました!」

最悪の予想的中。藤吉の声だ。おゆうは襖越しに怒鳴り返した。

「朝倉屋さんね? これまでと同じなの?」

「へ、へい。夜中に急に苦しみ出して。かかり付けの医者を呼びましたが……」

「わかった、支度でき次第すぐ行くから、あんたは……」

鵜飼様に、と言いかけて、謹慎中なのを思い出す。では境田様、と思ったが、それも止めた。その前にできることをしないと。

「朝倉屋に戻って。店の人たちが大騒ぎしないよう、止めとくのよ」

「わ、わかりやした」

ばたばたと駆け戻る足音が聞こえた。おゆうはすぐさま押入れに飛び込み、羽目板を滑らせて二百年後に続く階段を駆け上がった。

襦袢（じゅばん）姿のまま、東京の家に駆け込む。充電中だったスマホを引っ掴むと、宇田川の番号をタップした。時計を見ると、午前二時だ。頼む、宇田川、起きてくれ。

「はい」

わずか二コールで宇田川が出た。幸いなことに、あいつも寝付けなかったようだ。前置き一切抜きで、スマホに向かって叫んだ。

「緊急事態、赤（レッド）！」

「すぐ行く」

間髪入れずに宇田川が応答し、通話を切った。

十

午前三時十五分前、家の前にタクシーが止まった。宇田川のマンションは西荻窪(にしおぎくぼ)だ。環八で高井戸(たかいど)に出て首都高を神田橋までぶっ飛ばしたとしても、準備とタクシーを摑まえる時間を考えれば、むちゃくちゃ早い。優佳は、宇田川が表の戸を叩きまくって近所から苦情が出ないうちに、さっと戸を開けた。図体の大きい宇田川が、文字通り転がるように入ってきた。荷物はリュック一つだ。

「着替える」

それだけ言うと、いつもそのために使っている部屋に入り、襖をぴしゃりと閉めた。もう、ほとんど自分の家みたいに使ってるじゃないの。優佳は呆れたが、今はとにかく急がねば。

「大丈夫？　手伝おっか？」

声をかけたが返事はない。まあ近頃は宇田川も慣れて、一人で着物を着られるようにはなっているが……。

いきなり襖が開き、優佳はのけ反りそうになった。

「よし、行くぞ」

余程急いだようで、着物は少々着崩れている。時間がないので、直すのは後だ。宇田川は優佳よりも先に、階段に通じる納戸の戸を開けた。

提灯を手に、夜道を蔵前へと駆ける。閉まっている木戸は、十手を振るって木戸番をはね飛ばす勢いで通り抜けた。藤吉が知らせに来てから、もう半刻を過ぎている。間に合うだろうか。

朝倉屋の前に着いたとき、宇田川は大きく肩で息をして、今にも倒れそうだった。運動不足も甚だしいわね、と横目で睨みながら大戸を叩く。すぐに潜り戸が開いて、藤吉がほっとした顔を見せた。

「やれやれ。姐さん、何やってたんです。遅いじゃねえですか」

「この人が入り用だったのよ」

おゆうは、まだ息が整わない宇田川を指して言った。

「ありゃ、千住の先生ですかい。まあいいや、とにかく入って下せえ」

おゆうと宇田川は、藤吉に案内されて奥へ通った。

「どんな具合なの」

「へい、どうもやっぱり、平戸屋や玄海屋ンときと同じのようで。床に入って間もなくおかしな具合になって、息が苦しいって」

「医者は来てるの」

「福井町(ふくいちょう)の道淳(どうじゅん)って先生が」

「漢方医だね。どう言ってる」

「心の臓の発作だろうって……」

聞くまでもなかったか。そこで藤吉が足を止め、障子を開けた。

部屋の真ん中に敷かれた布団に元蔵が寝ていた。額に汗が浮き、胸を手で押さえている。どうやら間に合った。しかし、意識はないようだ。

布団の周りに、五十くらいの婦人と二十五、六の若い男、総髪の白髪で泥鰌髭を生やした男が座っており、一斉にこちらを向いた。元蔵の内儀と息子に、医者の道淳だろう。おゆうは十手を示して畳に膝をつき、内儀と倅に急いで挨拶した。

「それで、持ち直しそうですか」

急いで尋ねると、道淳は困惑の面持ちで答えた。

「正直、何とも言えん。心の臓が弱っているのは間違いないが、今できることは何も」

手当てしようにも処方がわからないってか。やっぱり、救急救命は漢方医の領分ではないようだ。

「しかし親分さん、これは……」

道淳が言いかけるのを遮り、おゆうははっきり言った。

「毒が使われた疑いが濃いです」

ええっ、とお内儀と倅が仰天する。

「毒ですと。石見銀山ですか、附子ですか。ちょっと違うような気が……」

「そういう毒ではないでしょう。今からこちらの先生が調べます」

道淳は、はあ？　という顔になった。宇田川に明らかな不審の目を向ける。

「蘭方のお方ですかな」

「蘭方を主にしますが、諸々」

宇田川がもっともらしい顔で言った。道淳はまだ疑わしそうだが、ここに居られては邪魔だ。おゆうは十手を抜いた。

「しばらく、ここから出て下さい。私がいいと言うまで、誰も入らないで」

お内儀と倅は、驚いて顔を見合わせた。

「あの、出ていろとは……」

「毒とすると、他の皆さんに害が及ばぬとも限りません。どうかお任せを」

有無を言わせぬ口調で告げたが、道淳は気分を害したようだ。

「医者である私にも、出ておれと言われるのか」

ここで粘られては困る。おゆうは仕方なく、十手を向けた。

「御上の御用です。言う通りにして下さい」

道淳は、憤然として立ち上がった。お内儀と倅も、酷く心配そうではあったが、言う通りに従ってくれた。

「あの、あっしもですか」

藤吉が聞くので、疲れてるだろうから帰って寝ろと言ってやった。藤吉は助かったとばかりに、そそくさと引き上げて行った。

おゆうは障子が閉まると、ほっと息をついた。

「患者の意識はなさそうだな。好都合だ。よし、さっさと始めよう」

宇田川は、リュックから移して持って来た風呂敷包みを開いた。おゆうはそれを見て目を剝く。

「何これ、点滴セット？　薬を使うの？」

「いや、医者じゃないんだから、何の薬を使っていいのかわからん。こいつはラボで調整した生食だ」

「生理食塩水？　それで効き目、あるの？」

「何もしないよりはいいだろ。それより、こっちが先だ」

宇田川は、丸みを帯びた小型の容器のようなものを取り上げた。

「それは？」

「血液採取キットだ。今回は死体じゃなくてまだ生きてるから、簡単に採れる」

宇田川は、当人に意識があったら怒り出しそうなデリカシーのなさで言うと、元蔵の手を摑み上げ、キットを出して指に押し付けた。

「そんな簡単なことで血が採れるの」

「ああ。一個じゃ量が少ないかもしれん。もう一個やっとく」

宇田川は同じことを繰り返し、採取後の容器をパッケージに戻した。元蔵の指先には針で突いた跡が微かに残ったが、これならすぐ消えて、誰も気が付くまい。

「さてと。おい、これ頼む」

宇田川はおゆうにフックを手渡し、天井を指差した。そこへねじ込め、ということだ。この時代の家の天井は低く、おゆうが手を伸ばせば充分に届く。了解してフックを取り付ける間に、宇田川が点滴を準備した。が、生食パックをぶら下げてから気が付いた。

「ちょっと、点滴なら針を静脈に刺さないといけないよね。やったことあるんでしょうね」

宇田川は点滴針を摘み上げ、平然として言った。

「ああ。ネットで調べて、模型で練習した」

何だと？　そんなことでいいのか。だが、大丈夫なのと問う前に、宇田川は元蔵の腕をまくり上げてバンドを巻き、針を近付けていた。

おゆうはそうっと後ろから顔を近付ける。元蔵の腕を持ち上げた宇田川が、「うーん」と唸るのが聞こえた。

「これが、静脈だよな」

私に聞くんじゃない。

「だと思うけど……ちょっと、手が震えてない？」

「うるさいぞ。ちゃんとやる」

「ちゃんとってあんた……きゃあ、そこじゃないでしょ！」

びくっとして宇田川が手を引っ込めた。まったくもう。おゆうは宇田川から針を取り上げた。

「何すんだ。あんた、できるのか」

「おばあちゃんが入院したとき、看護師さんがやるのをじっと見てたからね。あんたよりマシよ」

そうは言ったものの、おゆうとて自信があるわけではない。こうだと見当をつけ、ゆっくり慎重に針を近付け、静脈の上に当てた。月着陸船を遠隔操作でランディングさせようとする、ＮＡＳＡの管制官の気分だった。

ようやく針先が、静脈に沈んだ。おゆうが頷くと、宇田川が点滴チューブのストッパーを緩め、注入が始まった。おゆうは肩の力を抜いて、座り込んだ。

「今のやり取り、部屋の外に聞こえなかったかな」

「大丈夫だろ。どうせ聞こえても、何言ってるかわかるまい」

　ああ、このお気楽さが羨ましい。

　点滴が終わるまで、二人はずっと張り番を続けた。元蔵が目を覚ますとまずいので、念のため目隠しをしておいたが、幸いなことに目覚める気配はなかった。

「このまま意識が戻らないってことは、ないでしょうね」

　心配になったおゆうが聞いた。宇田川は「大丈夫だろう」とあっさり言う。

「ちょっと呼吸が落ち着いてきてる。生食点滴が役に立ってるかどうかわからんが、時間が経てば回復しそうな感じだな」

「それが本当なら、すごく気が楽なんだけど」

　回復すれば、元蔵が唯一の生還者ということになる。事情聴取できる価値は、大きい。

「終わったようだ。片付けるぞ」

　宇田川が点滴パックを確かめて言った。おゆうはすぐ、針を抜いた。少し血が出るのを、紙で拭き取る。宇田川が点滴セットを風呂敷に包み直している間に、血は止まった。これを見つけても、虫刺されとしか思うまい。

宇田川が頷いたので、おゆうは障子を開けた。廊下から表側の座敷に回り、ずっと待っていたお内儀たちに、戻ってもらって結構です、と告げた。

「あの、主人は……」

青ざめた顔でお内儀が聞くので、今は少し落ち着いています、と安心させてやる。お内儀と倅は、急いで元蔵が寝ている部屋に向かった。

「それで、毒だったのですかな」

顔を潰されたような格好の道淳が、むすっとして尋ねた。お前にわかるのか、とでも言いたげだ。宇田川は、しれっとして答えた。

「やはり、毒ですな」

道淳が眉を上げる。

「どのような毒です」

「滅多にないものです。本邦では、まだ例がないかもしれない。これから立ち帰り、文献を調べて確かめます」

もっともらしく言うと、道淳は「そうですか」と煙に巻かれたような顔になった。

「では、もう一度診てきましょう」

道淳は格好を取り繕うように、座敷を出て行った。誰もいなくなったので、おゆうは宇田川に囁く。

「この血液を調べるわけね」

「ああ。すぐにやる。思っている通りなら、毒の正体がわかるだろう」

「凄いじゃない。さすがだね」

本気で褒めると、宇田川は当然だという顔をした。が、目元が僅かに赤くなった。

「そっちは引き上げるのか」

「ううん、ここで何があったか、聞かなきゃならない。毒物なら、どうやって仕込んだのか調べないと」

宇田川は、わかったと言って風呂敷包みを持ち、立ち上がった。

「町木戸を通るときは、医者だって言って。医者と産婆はフリーパスだから。あんたなら、普通に医者に見えるし」

唸り声のような返事と共に、宇田川は出て行った。あいつもだいぶ江戸に慣れたな、とおゆうはにんまりした。

おゆうたちの割り込みにすっかり気分を害していた道淳は、落ち着いたようだからもう良かろう、と言って引き上げてしまった。おゆうとしては、その方がいい。早速、お内儀と倅に事情聴取を始めた。

元蔵は、札差仲間の幹事役に取り急ぎ会合したい旨、朝一番で告げに行くよう、手代に指示していたことがわかった。やはり、おゆうたち町方が介入したことにどう対応するか、仲間と相談するつもりだったのだ。思った通りだと納得したおゆうは、元蔵が食べたものについて尋ねた。

「夕餉の様子ですか。はい、確かにいつもと違うことがありました」

持ち直したとはいえ、まだ安心できないようで、お内儀の顔色は青いままだ。毒を盛られたと聞けば、それも当然か。

「どんなことでしょう」

「はい。料理の味がおかしいと言い出しまして、厠へ行って吐いたのです。今までそんなことは一度もなかったのに」

「どの皿です。あなた方も一緒に夕餉を食べていたのでしょう。何も感じなかったのですか」

「一緒に食べておりますが、主人だけは膳が一つ多いのです。脇膳が付きます」

そうか。この店では、主の膳に差がつけてあるのか。とすると、その脇膳の料理を狙い撃ちにできるわけだ。

「旦那さんだけがお食べになったのは」

「鰯(いわし)の焼き物です。それに焼味噌を添えて食べるのが好きで」

ああ、ここでも味噌か。どうやら、それが怪しそうだ。

「味噌の味がおかしかったのですか」

「鰯か味噌か、よくわかりませんが、たぶん味噌の方でしょう。でも、味噌汁は何ともありませんでしたが」

お内儀は、自分も毒を口にしたかと思ったらしく、喉を押さえた。

「いえ、もし毒があったなら、焼味噌だけでしょう。旦那さんは、普段から味には細かいのですか」

「いいえ。いつもは何でも食べる方で。でも昨夜は、妙に料理を気にしているようでした。何かあったのでしょうか」

それは昼間におゆうが、食べ物に注意しろと吹き込んだからだろう。それで敏感になって味に違和感を覚え、吐き出したのなら、警告が功を奏したわけだ。

「そうですね。とにかく、吐き出したのは良かったです。そのおかげで、取り込んだ毒の量が少なくて済んだのでしょう」

はあ、有難いことですとお内儀は神仏に手を合わせた。倅もそれに倣う。

「夕餉を作ったのは、女中さんですか」

「はい。でも、まさか。私の実家の親類の家から、十五年も前に来た者ですよ」

「夕餉の膳を運んだのは、下働きの女衆ですか」

「あ、はい。その女中も、もう十年も奉公してくれています。毒なんて、そんな……」

お内儀が怯えたように言うので、急いで宥めた。

「いえ、その女中さんたちが何かしたとは思っていません。膳を運ぶ前後の様子を、聞きたいんです。呼んでもらえませんか」

「は、はい。畏まりました」

女中たちは、旦那の異変を聞いて皆起き出し、厨の方で待機しているという。お内儀は、自分で立ってその女中を呼びに行った。

おゆうの前に出た二十五、六の女中は、すっかり萎縮して、挨拶し終えても背を丸めていた。自分が何か、とんでもない不始末をやったのかと心配しているのだろう。おゆうは安心させるように柔らかく言った。

「大丈夫、あなたが何かやったとは思ってないよ。ただ、旦那さんの脇膳が、お部屋に持って行く前はどうだったか、確かめたいの」

「え、はい……どうだったかって……あたしは、膳を運ぶよう言われてそうしただけですが」

「あなたは、置いてあった膳をただ持って行った?」

「そうです。何も手を加えたりしてません」

「じゃあ、料理した女中さんが鰯と焼味噌を膳に載せてから、しばらく置きっ放しだったんだね」

「あ、ええ、いつもそうですけど……」

「そのとき、厨には誰が。誰もいなかったときは、あった？」

「料理してたおときさんは、作り終えたんで一服しに部屋に戻りました。あと、お寅がいましたけど……あ、そうだ、水瓶に足す水を汲みに、井戸へ。あたしは他の膳を先に運びましたんで……」

「わかった。また後で詳しく聞くと思うから、しっかり覚えておいてね」

問題の脇膳は、配膳を待つ間、二分か三分くらいは誰も見ていない状態で置かれていたのだ。犯人が隠れてずっと厨房の様子を窺っていたとしたら、この隙をついて毒を仕込むことはできただろう。表で藤吉が見張っていたとはいえ、一人で裏まで隈なく目を光らせるのは、無理だったようだ。

（まさか、自宅の台所を狙われるとはね……）

三件も変死が続いた後だ。犯人も元蔵が警戒して自宅以外で食事しないことを見越して、用意していたに違いない。そこまでするには、相当強い動機があるはずだ。だが逆に言うと、そんな動機が見つかれば、犯人はすぐに突き止められるのではないか。待ってろよ、とおゆうは拳を握りしめた。

結局、明るくなるまでおゆうは朝倉屋に居続けた。犯人が再度元蔵の命を狙ってくる、とはさすがに思わなかったが、用心に越したことはない。それに、念のためお内儀や倅が不審な動きをしないか、見ておこうとも思ったのだ。

ほぼ徹夜になったが、幸い何事も起きず、怪しい行動をとる者もいなかった。ようやく気を抜いた頃、藤吉が呼びに来た。境田が大番屋で待っていると言う。おゆうは代わりにここで張り付いていろと藤吉に命じ、大番屋へ急いだ。

「やあおゆうさん、おはよう。徹夜でご苦労だった」

境田は冷やした茶を啜りながら、愛想よく言った。朝倉屋が重態になったことをなぜ報告しなかった、と叱られるかと思ったが、そんな気はなさそうだ。お前たちに任せる、と言った手前かもしれないが、この辺り、境田は伝三郎よりも鷹揚だった。

「朝倉屋は、持ち直したそうだな」

「はい。まだ安心はできませんから、後で瑛伯先生を呼ぼうと思ってます。かかり付けの漢方のお医者じゃ、手に負えないみたいですし」

「ああ、平戸屋と玄海屋を診た先生か。いいだろう」

腑分けをやりかけた先生だよな、とも言われ、おゆうは苦笑するしかなかった。

「ところで、昨夜菊松に行ってな」

境田は、急に話を変えた。

「は？　あの料理屋ですか。また何かお疑いでも」

「いやなに、ちょっと旨い飯が食いたくなったのさ」

境田は、腹を撫でて笑った。

「ついでに仲居の話を聞いた。あそこの仲居は割と長く働いてるのが多いんだが、近頃一人、ひと月ちょっとで辞めちまったのがいるそうだ」

「え、それは……」

「雇われたのは今から二月ほど前。辞めたのは、河村様が亡くなった二日後だ」

「なるほど、そういうことですか」

菊松の板前に怪しい奴がいないかは確かめたが、仲居についてはまだだった。知らぬ間に、境田もきっちり動いていたようだ。

「その仲居、亀屋のおみのが見た女と、同じ奴でしょうね」

「そうだって方に、今月の俸禄（ほうろく）を賭（か）けても良さそうだ」

境田は顋を撫でて、ニヤリとした。

「まあしかし、そいつは手駒だろう。誰が後ろにいるか、だな」

はい、と応じて、おゆうは境田の目を見た。どうやら境田も、おゆうと同じことを考えているようであった。

大番屋を出たおゆうは、その足で瑛伯のところに向かった。相変わらず朝から患者が何人も来ていたが、朝倉屋のことを告げると、瑛伯は顔色を変えた。

「それは本当ですか」

「はい。漢方医の先生は帰りましたが、瑛伯先生にも診て頂いた方がいいかと」

「持ち直したのですね。わかりました。すぐ行きます」

瑛伯は患者たちに、済まないが急用だと詫び、すぐに道具箱を提げておゆうと共に朝倉屋へ向かった。

江戸橋から大伝馬町（おおでんまちょう）へと道を急ぎ、岩本町（いわもとちょう）の角を曲がったところで、ふいに背筋に妙な感覚を覚えた。足を止め、振り返って武家屋敷の塀の陰から来た道を覗く。商人風の男と、商家の女将らしいのが反対方向に歩いているだけだ。怪しい人影はない。

「おゆうさん、どうしました」

瑛伯が戸惑った顔で尋ねた。

「あ、いいえ、何でもありません。気のせいでしょう」

おゆうは作り笑いをして、再び歩き始めた。今、確かに誰かに見られている感覚があった。おゆうは舌打ちしそうになる。戸山配下の密偵に違いない。瑛伯を呼び出したので、また腑分けのような良からぬことを企んでいると思ったのだろう。

（まったく、もうちょっとこっちを信用してもらいたいもんだわ）

腹立たしくなって、またいきなり後ろを向いてみる。そのとき、ほんの一瞬、塀の陰に滑り込む着物の端が見えた。おゆうは、ふんと鼻を鳴らして一睨みしてから、先を急いだ。

十一

朝倉屋元蔵は、まだ臥せったままだが、少しは喋れるほどに回復していた。これなら大丈夫だろう、とおゆうは胸を撫で下ろした。

「脈は落ち着いています。胸苦しさは、まだありますか」

瑛伯は元蔵の腕を取り、顔色を見ながら聞いた。元蔵が小さく頷く。

「まだ、ちょっと……」

「そうですか。このまましばらくは、安静にしていて下さい」

起き上がらせたりせぬよう、と付き添っているお内儀に告げる瑛伯に、おゆうは小声で尋ねた。

「なぜこうなったかは、今回もわかりませんか」

「はい、そればかりは、とんと」

瑛伯は済まなそうに言った。

「朝倉屋さんと、話をしてもいいですか」

少しだけなら、と瑛伯が言うので、おゆうは元蔵に顔を寄せた。

「朝倉屋さん、昨夜食べたもので、おかしな味がしたのは鰯ですか」

元蔵は、顔を顰めてまた小さく頷いた。

「鰯に焼味噌をつけて口に入れたら、金物みたいな味がしたように……味噌が何かおかしかったと……」

「そんな味がしたのは、初めてなんですね」

「はい……親分さんからあんな話を聞いていましたので、注意深くなりまして……何も考えずに食べていたら、全部飲み下していたと思います……」

元蔵は、おゆうの警告で助かった、というように目を細めた。おゆうはそれに頷いてから、お内儀に焼味噌や吐いたものが残っていないか、確かめた。残念ながら、やはりそれは捨てられていた。

「わかりました。では、旦那さんが起きられるようになるまで、この部屋にはお二人以外、誰も入れないようにしてください」

念のための注意だが、お内儀と倅は、深刻な顔付きで「必ずそうします」と言って頭を下げた。おゆうは後を任せ、瑛伯と共に朝倉屋を出た。

「おゆうさんは、毒に違いないとお考えなのですね」

通りを歩きながら、瑛伯が駄目を押すように尋ねてきた。おゆうは、「ええ」とはっきり答えた。

「わかりました。私も帰りましてから、阿蘭陀の医書などに、何か手掛かりになるようなことが書かれていないか、探してみます」

お願いします、と頼んで、おゆうは馬喰町に入ったところで瑛伯と別れ、自分の家に戻った。元蔵が小康状態になって安心したせいか、一気に徹夜明けの眠気が襲って来る。邪魔されたくないな、と思ったおゆうは押入れに入り、羽目板を動かして東京への階段を上った。途中の踊り場のような部屋で窮屈な帯を解いて、スウェットに着替える。東京の家に入ると、そのままベッドに倒れ込んだ。あっという間に、意識が飛んだ。

スマホの着信音で起こされたときには、もう外は薄暗くなっていた。灯りをつけ、鳴動し続けるスマホを取り上げる。宇田川からだった。

「はい、何かわかった？」

血液検査の結果がもう出たのかと期待して、いきなり聞く。宇田川も、前置きなしですぐに言った。

「血中のCK値が異常に高い。横紋筋融解症を起こしてる」

は？　いったい何語で喋ってるんだ？

「CKって何なの」

「だからそれはクレアチンキナーゼ……ええもう、俺は医者じゃないんだから、説明させるな。とにかく、筋肉痛や嘔吐、下痢、心臓の異常。呼吸困難。心筋の壊死に至って死亡。症状はだいたい合ってる」

「だから、何の話をしてるのよ。毒のことじゃなかったの」

「おそらく、パリトキシンだ」

優佳は一瞬、スマホを耳に当てたまま固まった。何だそれは。

「パ……ぱしりときん？」

「パリトキシンだよ！　海生生物由来の自然毒だ。自然界の毒としちゃかなり強力で、毒性はフグ毒のテトロドトキシンの二十倍と言われてる」

「フグの二十倍！　超ヤバいじゃん」

優佳は目を見張った。今回、それが使われたというのか。だがそんな毒、聞いたことがない。

「それ、その辺の海で採れるわけじゃないよね。どこで手に入れるの」

「イワスナギンチャクって生き物が持ってるらしい。これを食べたカニ類の体にも溜まるんで、そのカニを食ったりしたら中毒を起こすわけだ」

宇田川はさらに、よく似たものでパリトキシン様毒というのもあって、これはアオブダイとかハコフグという魚に、など延々と説明しようとする。脳内処理容量を超えそうになった優佳は慌てて説明を止め、要点を絞るよう求めた。

「その、パリ何とかを持ったカニって、どこにいるの」

「日本近海にはいない。南方だ」

「そんなもん、どうやって手に入れ……」

そこではっとする。海外から入手したとすれば。

「長崎から入ってきたのね」

ならば、河村ら三人の被害者と繋がる。優佳は勢い込んだが、宇田川は疑念を呈した。

「ヨーロッパでこんなものを毒殺に使った、なんて話はないぞ。薬物として商品化されてないものを、どうやって輸入するんだ」

「南方のどっかで、毒薬として使ってたりしないの」

「そりゃあ、あるかもしれんが、誰かがそれを見つけて持って帰らなきゃならんだろ。鎖国中の日本で、簡単にそんなことできるか」

「そりゃそうだけど、使われた以上は誰かが……」

そこで優佳の頭に、突然ある言葉が浮かんだ。

「薩摩……」

「え、何だって」

呟きが聞こえたようだ。宇田川が問い返す。ちょっと待ってと優佳は言い、考えを大急ぎでまとめた。

「薩摩がどうとかって、玄海屋たちの話に出てたでしょう。薩摩は琉球を支配下に入れてる。琉球なら、南方からのモノや情報が、入ってきてたんじゃないかな」

「ふむ。琉球でパリトキシンに関する情報あるいは現物が手に入ったかも、ってわけか」

宇田川は、優佳の言いたいことをすぐに理解した。

「もしかすると、パリトキシンを毒矢なんかに使うために精製する秘伝の技術を持った者が、南方から来て琉球にいたのかもしれんな」

「江戸じゃ全く知られてない毒よ。暗殺に使うのに持ってこいじゃない」

「じゃあ、この一連の殺人は、薩摩藩の仕業だって言うんだな。動機は？」

「それはまだわかんない。でも、朝倉屋さんが回復すれば、話してくれるでしょう。玄海屋の太一郎さんも、何か知ってるかも」

「そうか。しかし、薩摩の犯行を証明できるのか」

「うーん、それはさすがに難しいけど」

優佳は考え込んだが、すぐに思い付いた。

「繋がりが出てくるかどうか、調べてみる価値のある奴が一人いるよ」

翌朝、明るくなるとすぐ、おゆうは八丁堀に駆け付け、ちょうど表に出て来た境田を摑まえた。

「お、何だおゆうさん、こんな早くから」

境田は欠伸をしながらのんびり言ったが、おゆうの目を見てすぐ顔を引き締めた。

「何か摑んだか」

「ええ。朝倉屋さんが持ち直して、少しですが話を聞けました。やはり毒を入れられたのに、間違いないようです。一昨日の夜、朝倉屋さんの裏で怪しい人影を見た人もいました」

これは昨夜のうちに、大急ぎで聞き込みした結果だった。実際はかなりあやふやな証言で、見たのが人なのか猫なのかすらはっきりしなかったが、これを利用するしかない。パリトキシン云々など、江戸で説明することは全く不可能なのだ。

「うん。で、どうする」

「蜻蛉御前をしょっぴいてみちゃ、どうでしょう」

逮捕するだけの根拠はまだ薄いが、重要参考人として引っ張ることはできるだろう。亀屋のおみのに面通しさせれば、そのまま仮牢へ放り込める可能性もある。ちょっと責めたくらいで口を割るようなタマとも思えないが、やりようはあるはずだ。拘束している間に身辺を徹底的に洗えば、薩摩との繋がりも浮かんでくるかもしれない。

「毒を入れたのが蜻蛉御前じゃねえかと、睨んでるわけだな」

境田はほとんど躊躇わなかった。思惑はおゆうと同じのようだ。

「わかった。それじゃあ、しょっぴいて来い。調べは、俺がやる」

「承知いたしました」

おゆうはその足で、源七のところに行った。まだ表戸を閉めている「さかゑ」の中で朝飯を食べていた源七は、おゆうの話を聞いて「よぉし」と床板を叩いた。

「いよいよあのアマを締め上げるか。こいつぁ楽しみだ」

「へえ。お前さん、相手が別嬪だから力が入ってるんじゃないだろうね」

厨で下拵（したごしら）えを続けていたお栄が、からかうように言った。

「てやんでえ。ありゃあ、別嬪に違いねえが、マムシみてぇなアマだぞ。色気のある話なんぞになるもんか」

源七は裏に行くと、大声で千太を呼んだ。

「亀屋に行って、おみのって仲居を引っ張り出して、番屋で待たせとけ。面通しさせる。それから、藤吉を呼んで来い。捕物だ」

へい、と勢いよく叫ぶ千太の声が聞こえた。

おゆう、源七、藤吉の三人は、意気軒昂に白金へと向かった。とは言え、ただ者と思えない蜻蛉御前を相手にするには、三人では不足だ。途中、三田に寄ってこの町の岡っ引き、与惣八を助っ人に呼んだ。源七の知り合いで、蜻蛉御前への警戒を頼んであったのはこの男だそうだ。

「あいつをしょっぴくのかい」

与惣八は、機嫌良く言った。

「何しろ胡散臭いアマでな。近所が薄気味悪がるんで、ずっと目は付けてたんだが、なかなか尻尾を出さねえ。これで近所に顔が立つぜ」

与惣八はそんなことを言いながら、手下を四人も集めて番屋を出た。

「あんたの噂も聞いてるぜ。聞いてた以上の別嬪じゃねえか」

与惣八は、たすき掛け姿になったおゆうにそんなことを言った。現代なら一発セクハラだが、江戸ではこれも挨拶代わりと割り切り、微笑んでおく。代わりに源七が、

「この姐さんは八丁堀の……」と囁いて小指を立てた。与惣八は、おっと、と身を竦めた。

総勢八人になったおゆうたちは、安全寺坂から三田寺町を抜け、アップダウンを繰り返す道筋を新堀川へと下った。この川は麻布と三田の間の谷筋を流れていて、現在は首都高二号線の用地になっている。一行は、その川沿いを白金に向かった。

　川沿いに出て間もなく、向こうから角笠を被った大柄な侍が歩いて来るのと、行き合った。黒っぽい着物は上等で、どこかの家中のようだ。そのまま通り過ぎようとしたが、おゆうはちょっと気になった。すれ違いざま、侍は笠を下げ、顔を隠すような素振りを見せたのだ。直前に一瞬見えたのは、太い眉と角張った顎。年は三十過ぎ、伝三郎と同じか少し上だろう。

　すれ違った瞬間、背筋に冷たい感覚が走った。何だこれは。おゆうはさっと振り返った。侍は、こちらを気にせずどんどん歩いて行く。その足運びが、妙に速いような気がした。

「何だろうな、あいつは」

　すぐ横で源七が呟いた。おゆうは驚いて源七の方を向く。

「どうしたんです」

「いやな、どうも殺気みてぇなもんが。気のせいかもしれねえが」

　源七も、おゆうと同じ何かを感じ取ったらしい。二人は歩きながら、侍の後ろ姿を目で追った。

侍は間もなく、武家屋敷の塀の角を右に曲がって消えた。ふむ、と源七は首を傾げ、与惣八に聞く。

「あっちの方は、どこのお屋敷があるんだい」

「え？　ああ、あの辺はご大身のお大名が多くてな。まず手前に会津二十三万石。その向こうに伊予松山十五万石。隣に肥前島原七万石と続いてる」

いずれも名の知られた大大名だ。現代では確か、大使館か何かの敷地に……。

「……その奥が、薩摩七十七万石の島津様だ」

薩摩？　おゆうは自分の顔が引きつるのがわかった。

「悪い予感がします。ちょっと急ぎましょう」

おゆうは驚く与惣八を置いて、小走りに駆け出した。

「あれです」

藤吉が指差したところに目をやると、小高くなった茂みの向こうに藁葺き屋根が見えた。それが蜻蛉御前の庵らしい。手前の町家からも、向こうの百姓家からも、畑などを挟んで二十五、六間、五十メートル弱ほど離れていた。繁みと竹藪に囲まれているので、様子を覗き見ることはできない。

「とにかく、行ってみようぜ」

源七が言い、一同は縦に並んで、藪の脇の畦道を進んだ。人の姿は見えない。誰かに見られているという感じもしなかった。

藪が尽きたところに、庵の方へ上る細い踏み分け道があった。息を殺して、そこを上がる。繁みの切れ目から、やっと庵全体が見えた。三間四方ほどの小さなもので、土壁に丸窓がある。百姓家とは違い、風流を楽しむ隠居所のように見えた。そういう用途で造られたものを、買い取ったのだろう。

「人の気配がしねえな」

与惣八が、訝しむように言った。

「今日はまだ、外の方には出てきてねえはずだが」

ますます悪い予感が募る。与惣八は、手下のうち二人に裏へ回るよう命じた。音を立てるな、との指図に「へい」と頷くと、二人は身を低くしたまま裏へ消えた。

「さてどうする。踏み込むかい」

与惣八が振り向いて源七に言ったときである。裏から「うわあーーっ」と悲鳴が上がった。しゃがんで様子を窺っていた全員が、弾かれたように立ち上がった。与惣八が駆け込もうと身構える。そこへ裏手から、手下二人が転がるように出てきた。

「たっ、大変だ。蜻蛉御前が、殺されてやす」

その言葉を聞くなり、おゆうと源七が飛び出して、裏へ走った。

「うわ……」

おゆうは一瞬、棒立ちになった。続いた源七も、目を剝いて固まった。悪い予感は、的中してしまった。

庵の裏の苔の生えた土の上に、蜻蛉御前が仰向けに倒れていた。左の肩口から臍辺りまで、一刀のもとに切り下げられている。白衣が真っ二つに裂け、おびただしい出血が半ば露わになった胸を染めていた。血はまだ凝固しきっていない。死後三十分も経っていないだろう。一足遅かった。

「すげえ斬り方だ。一太刀でこんなに深く斬り込むたァな」

死骸の脇に跪いた源七が、青ざめた顔で言った。おゆうも、こんな凄まじい死体を見たのは初めてだ。吐いたりはしなかったが、足が竦んで動けなかった。

「畜生め、やっぱりさっきすれ違った、あの侍か」

与惣八が口惜しそうに言った。

「おゆうさん、大丈夫か」

源七がおゆうを見上げ、気遣わしげに言った。それでおゆうも、気を取り直した。

「ええ、何とか。その死に顔からすると、思ってもみなかった相手にいきなりやられた、って感じでしょうか」

蜻蛉御前の表情には、驚きのようなものが浮かんでいた。苦痛に歪んではおらず、美貌を保ったままなのが、却って凄惨さを強めている。

「相当な力でねえと、こうは斬れねえよな」

与惣八が、首を捻りながら言う。

「あの侍の仕業だとすると、大した使い手だぜ」

与惣八は、どこの家中だか知らねえが、何でこの女をとさらに首を捻った。戸山の内々に、という指示を守って、河村たちの連続殺人については、与惣八に何も言っていない。こうなった今も、深く詮索されるようなことは言えなかった。

「とにかく番屋へ運んで、境田様を呼びましょう」

おゆうが言ったのに頷き、与惣八は手下に、戸板と筵(むしろ)と荷車を用意するよう指図した。

境田左門は、三田の番屋におみのともう一人、番頭風の男を伴って現れた。いつもは割に飄々(ひょうひょう)とした趣なのが、今はずいぶんと厳しい顔になっている。後ろのおみのと男は、既に殺しと聞いているらしく、青い顔でおどおどしていた。

境田は、おゆうたちが「ご苦労様です」と言うのに無言で頷き、しゃがんで筵をめくった。傷口をじっと見つめてから、振り返っておみのに声をかける。

「あんまり見たくはねえだろうが、辛抱してくれ。どうだ。お前が亀屋で見た女か」

おみのは、恐る恐る前に出て、横たわる死骸に目を落とした。そして忽ち目を剝き、「ひいっ」と叫んで後ろに飛び退った。

「まっ、間違いありません。あの女です」

続いて境田は、番頭風の男に目を移した。

「お前さんはどうだ。ちょっと勤めてすぐ辞めたってぇ女中は、この女か」

男は、さすがに悲鳴は上げなかったものの、ごくりと唾を飲み込んで身震いした。

「ええ、はい、この女に相違ありません」

「そうか。二人とも、ご苦労だった」

男は、料理屋菊松の番頭だったようだ。境田は二人を下がらせ、おゆうたちに向かって言った。

「毒を仕込んだのは、蜻蛉御前の仕業で決まりだな」

おゆうたちは揃って「はい」と答えた。

「さて、後はこいつを操ってたのが誰かって話だ」

境田は十手で掌を叩きながら、呟いた。

「申し訳ありやせん。無理してでも、蜻蛉御前をずうっと見張らせておくんだった」

源七が残念そうに頭を下げた。だが、源七を責めるのは酷だ。四六時中見張れば蜻蛉御前は必ず気付いたろうし、最悪の場合、見張りも一緒に始末されたかもしれない。

境田もそれはわかっているらしく、気にするなと源七に言った。源七は、ほっとしたように顔を上げた。

「それで旦那、あの侍ですが」

源七が言いかけた。だが境田は、十手を立ててそれを制した。与惣八やおみのたちがいる前でその話はするな、ということだ。源七は配慮の足りなさを自嘲するように顔を顰め、口を閉じた。境田は、十手を帯に戻すと立ち上がった。

「与惣八、ここは頼んだ。俺たちは、新堀川沿いと蜻蛉御前の住まいを調べる」

与惣八はちょっと不満そうな顔をしたが、文句は言わなかった。境田はおゆうと源七を促し、死骸を残して番屋を出た。

新堀川沿いに出たところで、おゆうは境田に聞いた。

「境田様、あの凄まじい斬り方ですけど、余程の腕なんでしょうか」

「うん。俺が見るところ、ありゃあ薩摩示現流だな」

「あ、やっぱり薩摩ですか」

示現流の名ぐらいは、おゆうも聞いたことがあった。薩摩独特の剣術だ。

「示現流は上段に構えて正面から叩きつけるように振り下ろす。防ごうとした刀ごと相手の頭を割っちまうってぇくらいの、力業だ。一撃でおしまいさ」

「しかし、女相手にそんな大技を使うなんてねえ」

源七が、嘆かわしそうに頭を振る。境田は、そうするだけの理由はある、と言った。

「女とはいえ、蜻蛉御前は素人じゃねえ。岡っ引きをあっさり撒いちまうんだからな。殺った侍は、どうあっても確実に仕留めたかったんだろう」

「口封じでしょうね」

おゆうが言うと、境田は当然だな、というように頷いた。

「店先であんな派手なことをやってりゃ、早晩俺たちにしょっぴかれることぐらい、承知のはずだ。そうならねえうちに逃がしてやるとか言ってたんだろうが、最初っから、こうする気だったに違いねえ」

使い捨て、というわけか。何て非情な奴らだ。

「よし、手分けしよう。俺は薩摩屋敷の近くを当たる。源七はこの道筋で、蜻蛉御前の家に出入りした奴を誰か見てねえか、聞き込め。おゆうさんは、蜻蛉御前の家捜しだ。女の住まいは、女の目で見た方がよくわかるだろう」

おゆうと源七は、合点ですと返事し、三人はそれぞれに持ち場へ向かった。

普段でも静かな場所のせいか、主を失った庵は、ひどく寂しげに見えた。改めて敷地を見回したおゆうは、こんな刺激も娯楽もないところに一人で住むのは、どんな気分だろうと思った。しょっちゅう出かけていたようではあるが、夜など人恋しくならないだろうか。自分なら耐えられないな、と思いながら、戸を開けて中に入った。

入ると、土間の横に台所、その奥に風呂場があった。部屋は二間だけ。狭いが、設備は整っている。やはり元は隠居所として建てられたものだったのだろう。大きな神棚などはないから、巫女はやはり格好だけだ。家具は箪笥と鏡台が一つずつ。箪笥を開けてみると、巫女の白衣と緋袴の替えが一式と、色の違う着物が四枚ほどあった。特に不審なものはない。次に押入れを開けてみたが、納まっていたのは布団一組のみだった。

鏡台の前に座って、二つある抽斗を開けた。普通の女らしく、化粧道具が入っている。一応白粉などを調べてみたが、何の変哲もないものだった。その抽斗は閉め、もう一つを開けた。こちらには、何も入っていなかった。おゆうは目を凝らしてみる。奥に、紙の切れ端と零れた粉のようなものが見えた。思わず微笑が浮かんだ。

おゆうは懐からピンセット、ラップ、テープを出し、抽斗の中に残ったものを、埃まで全部回収した。江戸の人間には想像もつかないだろうが、微細証拠は時に決定的な役割を果たす。

一応満足したおゆうは、戸口に戻って外に出た。敷地を丹念に見て回るが、遺留品のようなものはない。裏手に回ると、蜻蛉御前が倒れていた場所の苔が、黒ずんでいるのがわかった。血の痕だろう。ふと見ると、脇にある石にも血が飛んでいた。犯人は、返り血を浴びただろうか。すれ違ったあの侍が黒っぽい着物を着ていたのは、多少の返り血を浴びても目立たないように考えてのことか。

　おゆうはしばしその痕を見つめ、静かに手を合わせると、踵（きびす）を返した。

　一刻余りの後、三田の番屋に戻ると、境田が待っていた。与惣八の姿は見えない。境田に聞いたところ、蜻蛉御前の死骸を寺に運んでいったという。どうやら、こちらの話を聞かれないよう、境田が外へ行かせたらしい。

「そっちは何か見つかったか」

　境田が尋ねた。おゆうはかぶりを振る。

「いいえ。何かあったとしても、下手人が持って行ったんでしょう」

　蜻蛉御前を殺した侍は、自分に繋がるものを残して行くほど愚かではなかろう。

「そうか。まあ仕方ねえな」

　反応からすると、境田もさほど期待してはいなかったようだ。

「一昨日、蜻蛉御前が朝倉屋に行ってる隙に源七がざっと家捜ししたが、これといって何も見つからなかった。最初から余計なものは置いてねえんだろう」

「薩摩屋敷の方は、如何でしたか」

「うん、当たり前だが門は堅く閉じてる。だがあの屋敷の外には、町家が並んでて店もあるんでな。八百屋の亭主が、あんたらのすれ違った侍と同じ風体の奴が、屋敷に入るのを見てた」

「え、そうですか。やっぱり薩摩屋敷のお人だったんですね」

目撃者がいたのは幸いだ。しかし、薩摩藩士だとわかっても、屋敷内にいる限り尋問することはできない。

「境田様は、顔がお広いでしょう。島津様ご家中にも、伝手（つて）をお持ちでは」

境田は、各藩江戸屋敷の侍が面倒事を起こした際の処理などを通じ、様々な大名家に顔を繋いでいた。だが、今回はちょっと勝手が違うようだ。

「どうもなァ。島津様とか伊達様とかいった外様の大大名の御屋敷は、縁遠くてな」

境田のコネにも限界があるらしく、頭を掻いた。ちょうどそこへ足音がして、番屋の戸が開いた。

「あ、どうも。遅くなりやした」

藤吉を従えた源七が汗を拭って、境田の前に腰を下ろした。

「おう、どうだった」

境田が声をかけると、源七は難しい顔を前に出した。が、藤吉が黙っておゆうに頷きかけたところを見ると、収穫があったようだ。

「道沿いの家を聞き回ったんですがね。あの侍、俺たちがすれ違ったあの時の他は、見られちゃいやせんぜ」

「誰も見てねえのか」

境田が渋い顔をする。この辺りに目配りしていたはずの与惣八の手下たちにも目撃されていないので、来たのはあの時だけだったのかもしれない。

「蛸蛉御前と会う時は、どこか他所を使ったんじゃありませんか」

おゆうが言うと、境田も「そうだろうな」と応じた。

「奴も何度もあの女の家に出向くほど、不用心じゃあるまい。会った場所を捜すのは厄介だが」

あいつが蛸蛉御前の情夫だったとしたら、この辺で密会に使えそうなのは芝浜か品川の宿だ。そこらで会ってたかもしれんな、と境田は考えながら言った。

「あっしもそう思いやすが、他に蛸蛉御前の家に行ったらしい奴がいるんで。そいつの他には、誰もあの家へは行き来してねえようです」

「別の奴がいるのか。いつの話だ」

境田は驚いたように聞き返した。

「へい。見たのは畑にいた百姓ですが、そいつによると、商家の若旦那風だったとかで。八日前の、日が傾いた頃だそうです」

八日前というと、玄海屋作右衛門が死ぬ前の日だ。おゆうも身を乗り出した。

「若旦那風って、顔や背格好とかは」

「ああ、それなんだが」

源七は、複雑な表情になって言った。

「どうも聞いた限りじゃ、玄海屋の太一郎によく似てるんだ」

十二

「ああ、これはおゆう親分さん、ご苦労様です。すっかりお世話になっておりまして」

玄海屋太一郎は、おゆうを前にして愛想よく言った。初七日が過ぎ、店はもう通常営業に戻っている。主人急死の衝撃も、だいぶ和らいだようだ。

「いえ、こちらこそ腑分けなど言い出しまして、ご迷惑をおかけしました」

おゆうは神妙に言って、両手をついた。太一郎は却って恐縮した様子だ。

「とんでもない。私も賛同したことでございますから、どうかお気になさらず」

「ところで、太一郎さんにお伺いしたいことがあるのですが」

恐れ入ります、とおゆうは頭を上げて言った。

「はい、何なりと」

太一郎は愛想のいい微笑を崩さずに言った。そこへおゆうは、ずばりと斬り込んだ。

「蛸蛉御前を、いつからご存じだったのです」

「は？　いつから、とお尋ねですか」

太一郎は、ぽかんとしている。

「ええと、あれは八日前ですか。うちに参りましたのは」

「そうですね。でもその日のうちに、あなたは蛸蛉御前のところに行かれたんじゃありませんか」

正しく言うと、白金の百姓が目撃したのが太一郎である、という証拠はない。おゆうは敢えてこの話をぶつけてみたのだ。どう反応するかと思ったが、期待した通り、太一郎は顔色を変えた。

「い、いえ、そのようなところへは」

「見た人がいるんです」

決めつけるように言って、おゆうは正面から太一郎を睨んだ。太一郎は数秒固まっていたが、やがて目を伏せ、溜息をついた。

「おっしゃる通りです。八日前、蛸蛉御前が初めて店の前に現れた日、夕七ツ（午後四時）頃に白金に参りました」

「つまり、以前から蛸蛉御前が何者かも、どこに住んでいるかも知っていたんですね」

「いいえ、そうではありません」

太一郎は強くかぶりを振った。

「蜻蛉御前が店から立ち去った後、店の者にすぐ何者か調べさせたのです。そうしましたら、町名主様が蜻蛉御前のことを知っておられて。あのような目立つ振舞いを度々行ううえ、見目がなかなか綺麗ですから、知る人ぞ知る、というところだったのですね。それで白金の方に住んでいるらしいと聞き、麻布界隈まで行って聞き回ったところ、住まいがわかりました」

太一郎は淀みなく答えた。おゆうは眉間に皺を寄せた。確かに筋は通っている。店の者や町名主に確かめればすぐわかるから、嘘ではないのだろう。

「いったい何しにあの女のところへ行ったのです。口説きに、じゃあないでしょう」

「いや、まさか」

太一郎は、冗談はやめてくれとばかりに慌てて手を振った。

「実はその……妙な噂を広めないよう頼みに……」

太一郎の声が小さくなり、顔が俯いた。店の恥、と思っているのか。いや、そんな単純なことではない、とおゆうは思った。

「お金を持って行ったのですか」

「はい。十両ばかり」

「受け取りましたか」

「いいえ、馬鹿にしたように笑い飛ばされました。少な過ぎたようで」

そうですか、と一度笑ってから、おゆうは目を怒らせた。

「太一郎さん、まだ何か隠してますね」

「えっ、そんなことは……」

「とぼけないで。蜻蛉御前が来たのは朝の五ツ半頃。住まいを探り出してあなたが出向いたのは、夕七ツ。ここから白金まで、たっぷり二里ある。普通に歩いて一刻はかかる上、麻布で聞き回ったりしたわけだから、昼九ツ半（午後一時）までには店を出てますよね。とすると、蜻蛉御前が来てから素性を突き止めるまで、たったの二刻。ただ悪い噂を流されないように、というだけにしては、もの凄く急いでお調べになったんですね」

太一郎は何も言い返せず、目を逸らせている。おゆうはそのまま続けた。

「しかもその頃、私たちはお店を見張らせていました。でも、あなたが出かけるのには気付かなかった。店の者にも告げず、こっそり隠れるように出たんですね。そこまでするのは、蜻蛉御前の言っていた悪行とやらに、心当たりがあったからでしょう。何としても伏せておきたいような。違いますか」

そこまで言ってから、駄目押しのようにもうひと言、足した。

「それ、薩摩が絡んでるんじゃありませんか」

太一郎の目が、大きく見開かれた。それから大きな溜息と共に、肩が落ちた。

「そこまでご存じでしたか」

「お話しいただけますね」

詰め寄ると、太一郎は小さく「はい」と答えた。が、すぐに頭を上げ、きっぱりと言った。

「ですが、悪行などではございません。内密にはしておりましたが、決して世間様に恥じるようなことではないのです。無論、抜け荷との関わりもありません」

ちょっと気圧されかけたが、太一郎が何を言わんとしているかは、想像がついた。

「何をなさっていましたか」

一瞬の躊躇いがあったが、太一郎はおゆうの目を真っ直ぐに見て言った。

「私たちは、薩摩を止めようとしていたのです」

「ご承知かどうかは存じませんが、薩摩は長崎で、琉球経由で仕入れた清国の品々を売ることが、許されております」

太一郎は、一気に話し始めた。

「もともとは琉球の産品を売るだけだったのですが、十年ほど前、文化七年から清国の品も売って良い、となったのです。御上の上の方に、相当な働きかけをなされた結果です」

「それは……薩摩がもっと儲けようとして商いを広げた、ということですか」

「そうです。薩摩は御家の勘定に難儀されていまして、何としても長崎の商いで儲ける必要があったのです」

なるほど、財政難を何とかしようと、幕府上層部に賄賂か圧力をかけて貿易利権を確保したわけか。

「これを続けると本来の長崎の商いに差し障りが出ます。儲けを薩摩が持って行ってしまうのです。これでは長崎の商人も、手前ども長崎との商いをしている店も、堪りません。それで御上も、薩摩の商いを縮めるか止めさせるよう、算段し始めたのですが」

「もしや、河村様がその御役目に？」

「はい。長崎ご在勤の折から。江戸へ戻られてからも、平戸屋さんや手前どもなど、長崎と取り引きのある店と長崎の商人の方々を取り持ち、薩摩を抑えるようお働きでした」

「そうだったんですか。でも、薩摩もそう簡単には諦めないでしょう」

「はい。諦めるどころか、長崎の商いを一層広げようと動き出しておりました。清国ばかりでなく、阿蘭陀との商いも一部は琉球を通せないかと図りまして」

「え、そんなことができるのですか」

「いえ、そんなことをされたら、長崎そのものが薩摩に乗っ取られかねない。もちろん御上が認めるはずはありません」

「でも、薩摩も御上に強く働きかけているのでしょう。多少は譲る、などということは」

「そうなっては大変ですので、手前どもを含め、いろいろな方々が動いておりました」

「札差の朝倉屋さんは、どう関わるのです」

「朝倉屋さんは、薩摩に一万両近い大金を貸し付けておられます」

「うわ、そんなに」

「はい。しかし薩摩は、さらに貸し付けを増やせと言ってくる。さすがに耐えられず、札差仲間と話し合って、これ以上びた一文、薩摩には貸さぬよう申し合わせていたのです。それで手前どものことを知り、互いに力を合わせることができないか、とお話を」

「ああ……それで、蜻蛉御前はそのことを知って邪魔しに来たのではと考え、質そうと思って出向かれたのですね」

「はい。もし雇われているなら、金で寝返らせようとしたのですが。軽くあしらわれてしまいました」

おゆうにも、ようやく枠組みが見えた。反薩摩の、商人連合だ。薩摩にとっては、目の上のたんこぶだろう。機会があれば始末してしまおう、と考えてもおかしくない。

「なぜ、黙っておられたんです」

そんな事情があるなら、初めから話しておいてほしいところだ。太一郎は済まなそうに赤面した。

「申し訳ありません。このことは、父からも他言するなときつく言われておりましたので。表沙汰になれば、関わっている方々や長崎の皆様にもご迷惑が及びます。何しろ、江戸屋敷におられる薩摩の先々代の御殿様は、公方様の御台所のお父上でございますし」

うーんとおゆうは唸った。将軍家斉の正室の親父さんか。そりゃ、幕府の上の方にも相当な発言力があるわな。太一郎ならずとも、動きが慎重になるのはやむを得ないか。

「それで私たちにも隠していたと。でも、薩摩には動きを知られてしまったのですね」

「はい。どうやら河村様の周りを探らせていたようです」

なるほど。薩摩ほどの大藩なら、腕のいい密偵を何人も使えるだろう。河村の接触相手を、芋づる式に割り出したのだ。

「事情はよくわかりました。八丁堀の方々と相談させていただきます」

よしなにお願いします、と太一郎は言ったが、敢えて、という風に尋ねた。

「やはり父や平戸屋さんは、薩摩に殺されたとお考えですか」

どう答えようかと一瞬迷った。

「もしかして、腑分けに同意されたのは、薩摩が手を下した証しが手に入るかも、と思われたからですか」

太一郎は、苦し気な顔で頷いた。

「もしそんな証しが出たら、全てをお話ししようと思っていました」

おゆうは溜息をついた。であれば、隠してもしょうがない。

「はい。毒薬が使われたと考えています。蜻蛉御前がそれに関わっていたのですが、今朝、薩摩の侍と思われる相手に殺されました。口封じでしょう」

太一郎は、愕然とした。そして俯き、膝に置いた両手を握りしめると、「そうですか」と絞り出すように言った。

その晩、暮れ六ツ過ぎに伝三郎がやって来た。昨日から今日にかけて、ずいぶん慌ただしく事態が進んだが、伝三郎はつい先刻、境田からその全部を聞いたという。

「奉行所から帰ったその足で、俺のところに来てくれたんだ」

担当を引き継いだとはいえ、同じ八丁堀住まいだ。情報共有は毎日行っているらしい。

「しかし、薩摩が直に関わってるとは恐れ入ったな」

おゆうの酌を受けながら、伝三郎は大仰に首を振って言った。

「島津家中の侍が手を下したってのは、間違いねえんだな。しかも示現流の使い手か」

「はい。境田様は、かなりの腕だろうと見てらっしゃいました」

「とすると、下っ端の使い走りじゃねえだろう。毒もそいつが手に入れて、蜻蛉御前に渡したんだろうな。どういう毒かは、まだわからねえのか」

これには、はいと答えるしかない。パリトキシンについて説明しようにも、おゆうの理解レベルでは現代でだって無理だ。

「ただ……薩摩でしたら、琉球と通じてますでしょう。あちらの方から、江戸ではまだ知られていないような毒を仕入れたのかも」

「うーん、琉球か。確かにあっちの方じゃ、怪しげな毒がありそうに思えるな」

伝三郎は首を捻りながら、沖縄県民に失礼な台詞(せりふ)を吐いた。

「蜻蛉御前の家には、毒の残りなんかなかったろうな」

「ええ。隈なく捜したんですけど、埃ぐらいしか。あの薩摩の侍が証しになるようなものは始末したに違いありません」

採取した微細証拠については、江戸ではあまり意味がないので話さなかった。それは一時間ほど前に東京へ戻って、バイク急送便で宇田川に送ったところだ。その旨をＬＩＮＥで伝えておいた。返信は「了解」だけの相変わらず素っ気ないものだったが、ようやく自分で分析できるブツが手に入るので、内心浮き立っていることだろう。

「でも、どうでしょう。河村様や玄海屋さんたちのお仲間に、また毒を仕込むなんてことはないでしょうか」

おゆうが犯行の継続を心配すると、伝三郎はすぐに「そりゃあるめぇ」と言った。

「毒の仕込みをやらせてた蛸蛉御前を始末したってことは、もう殺しは手仕舞いにする気だ。三人殺して一人が瀕死となりゃ、薩摩に歯向かう連中への脅しとしちゃ、充分だろう。俺たち町方が嗅ぎ回ってるのは承知のはずだし、やり過ぎるといくら薩摩七十七万石だって、無事には済まねえからな」

それはそうですね、とおゆうは徳利を傾けながら頷いた。

「もしこのまま動きを止めて、御屋敷に閉じこもってしまったら厄介ですね」

言うまでもなく、大名屋敷の中に町方の捜査権は及ばない。あの侍がほとぼりが冷めるまで屋敷に籠ったら、手の出しようがないのだ。

「その通りだが」

伝三郎はくいっと盃を干すと、ニヤリと笑った。

「出てこねえんなら、出てきたくなるようにしねえとな」

「え、どうするんですか」

　まさか火でもつける？　宇田川なら発煙弾をぶち込むくらいやりかねないが、れっきとした奉行所同心が、そんな乱暴なことは。

「なあに、ちょいと周りをつつき回ってみるのさ。明日、行ってみようぜ」

「謹慎中なのによろしいんですか。また戸山様に叱られますよ」

「ばれなきゃいいさ。左門が言うには、俺が謹慎になってから密偵は引き上げさせたらしいぜ。戸山様だって、いつまでもそんな連中を使っちゃいられないだろう」

「あら、そうなんですか……」

　安堵して微笑みかけ、ふいに妙な違和感を覚えた。密偵はもういない？

「何だ、どうかしたか」

　急に問われたので、慌てて「いえ、何でも」と答え、伝三郎の盃に酒を注ぎ足した。

「じゃあ明日、お供させていただきます」

「もっと興趣のある場所に誘いてぇところだが」

　伝三郎は笑って盃を干し、鬼が出るか蛇が出るか、と呟いた。

「へえ、さすがに大きいですね」

増上寺の門前町を通って、三田の薩摩藩上屋敷の北側の通りに出てきたおゆうは、延々と続く塀を見て感心した。細い堀で囲まれた屋敷は、東西の長さだけでも五百メートル以上ありそうだった。案内図なしで屋敷内を歩くには、相当慣れないと無理だろう。

「石高で言えば加賀百万石の次だからな。江戸屋敷詰めの侍の数だって、相当なもんだ」

連れ立って歩く伝三郎が、塀の向こうを見るようにして言った。幕末には薩摩藩士による挑発行為とそれに対抗した焼き討ち事件が起こり、戊辰戦争の引き金となった歴史上の重要地だが、今は何事もなく、深閑としている。

「つつき回るとおっしゃいましたけど、どうします」

「この周りは武家屋敷が多いが、町家だってある。薩摩の侍が出入りしてる店だってあるだろう。そこで例の侍と蜻蛉御前のことを声高に聞き回ったら、こっちがどれだけ知ってるのかと、気になるはずだ」

伝三郎は松本町にさしかかったところで小料理屋を見つけ、おゆうに顎で示した。ちょうど三人連れの侍が出てくるところだった。いかにも武骨者といった風情で、まだ江戸慣れしていないようだ。ちょっと身を引いてやり過ごす。三人の話す薩摩弁が、はっきり聞き取れた。伝三郎は、よしよしと笑みを浮かべてその料理屋へ足を向けた。

「おう、御免よ」

暖簾を分けた伝三郎が、気軽な調子で声をかけた。番頭らしいのが、愛想笑いを浮かべて迎える。

「いらっしゃいませ。お食事でございますか」

「いや、ちょいと聞きたいことがあってな」

今日の伝三郎は、謹慎中ということで羽織も十手もないので、おゆうが帯に差した十手を目で示した。

「ああ、これは。どのようなことでございましょう」

十手を見た番頭は、愛想は崩さないが、身構えるような格好になった。

「ここに巫女風の格好をした三十前くらいの年増の女が、出入りしたことはねえか」

伝三郎は蜻蛉御前の風貌を、細かく伝えた。しかも、はっきりした大声で。番頭は当惑したように目を瞬く。

「さて、そのようなお方はお見かけしておりませんが」

「蜻蛉御前てぇ名前を耳にしたことは」

「いえ、手前は存じません」

「そうかい。ここには、薩摩のお侍もよく来なさるのかい」

「え？　はい、薩摩のご家中の方にはご贔屓いただいております。御屋敷がすぐそこですから」

それじゃあ、と伝三郎はおゆうに目配せした。おゆうは心得て、容疑者の侍の容姿を細かく伝えた。

「さあ……そういうお方は、ちょっと」

番頭は首を捻り、申し訳なさそうに答えた。得意客のことは漏らさない、という店としてのルールがあるかもしれないが、番頭の様子からは、本当に知らないようだ。

「知らねえか。わかった。邪魔したな」

伝三郎は礼を言って、背を向けようとした。そこへ番頭が問うた。

「あの、そのお侍様が何かなすったので」

うむ、と伝三郎は少し考えるふりをしてから、声も低めずに告げた。

「殺しをやったかもしれねえんだ」

ええっ、と番頭が目を剝く。

「れっきとした薩摩のお侍様が、ですか」

「そうじゃなきゃいいと思ってはいるがね」

伝三郎は思わせぶりに言うと、おゆうを促して外へ出た。

「こんな感じでいくんですか」

料理屋の表で、おゆうは小声で聞いた。伝三郎は「そうさ」と応じる。

「正直、ちょいと泥臭(どろくせ)ぇが、そう悪くもねえさ。次、行くぞ」

伝三郎は斜向(はすむ)かいの豆腐屋に顎をしゃくった。おゆうは帯の十手を目立つように正面に回すと、伝三郎に従って豆腐屋に向かった。

豆腐屋は蜻蛉御前の噂は知っていたが、来たことはないと言った。侍の方には心当たりはないという。まあ、上級の侍が豆腐を買いに来たりはしないだろうから、当然と言えば当然だ。要は近所の店々に聞き込みの様子が伝わって、薩摩屋敷の耳に入ればいいわけだ。二人は界隈の店を十軒余りも訪れて、同じことを聞いて回った。

十二軒目、三田一丁目の刀屋で証言が得られた。問題の侍らしいのが、一度訪れたことがあるという。

「はい、刀をざっとご覧になりました。ですが、お名前は存じ上げません」

羽織を着ていたが、紋は覚えていないそうだ。

「蜻蛉御前が来たことはないんですね」

おゆうが確かめると、店主は笑った。

「蜻蛉御前のことは聞き知っておりますが、ご覧の通り女のお客様には縁遠い商いですので」

ごもっとも。おゆうは伝三郎と頷き合い、刀屋を出た。

「まだ続けますか」

ちょっとくたびれたので、一服しましょうと目で訴えた。伝三郎も察して、少し向きを変え、増上寺門前町の茶店に入った。

「さて、もうちょっと回ってみるが、奴は食い付いたかな」

出された茶を啜り、伝三郎は期待をこめるように言った。

「どうでしょう。何かお気付きですか」

「ああ。どうもさっきから、尾けられてる気配がある」

「ですね」

おゆうも微笑んで、小さく頷いた。ほう、と伝三郎が目を細める。

「お前も気が付いてたか。だいぶ岡っ引きらしくなってきたじゃねえか」

「何しろ、鵜飼様のお導きですから」

おゆうは伝三郎を持ち上げるように言って、うふふと笑った。

尾行に気付いたのは、四軒前の居酒屋で聞き込んだときだった。町人だが、素人ではなさそうだ。刀屋までは間違いなく尾けてきたが、刀屋を出たときにはいなくなっていた。報告に戻ったのに違いない。とすれば、この後、何らかの接触がある可能性が高かった。

「そいつの着物なんですけど」

おゆうは伝三郎の耳元に寄って囁いた。

「ちらっと見ただけなので確証はないんですが、一昨日、瑛伯先生と朝倉屋さんに行く途中、尾けていた奴のと同じもののように思います」

あのときは戸山の密偵かと思ったが、どうやら薩摩の手先だったようだ。案外、向こうも前からこっちをだいぶ気にしていたらしい。

「へえ、そいつは面白ぇな」

伝三郎はほくそ笑んだ。

小半刻ほど茶店で休んでいると、動きがあった。中年の侍が一人、店の中を窺うような素振りを見せてから、おゆうたちに目を留め、近寄ってきたのだ。伝三郎の肩に、僅かに力が入るのをおゆうは感じ取った。

侍はおゆうたちの前に来ると、いきなり声をかけてきた。

「町方の者かな」

野太い声だ。おゆうは顔を上げ、侍の顔を見た。声に似合わず細面で、色黒だがいかつくはない。おゆうが行き合ったあの侍とは、全然違っていた。伝三郎も侍の容姿を見て、残念そうな目をしたが、気軽に装って答えた。

「まあ、そのようなもんですが」

「当家の者を、お捜しのようだが」

「ほう。そちらのご家中でしたか。俺たちはただ、三十過ぎで眉が太く、角張った顔の侍を捜してただけなんだが」

侍が一瞬、顔を顰めたのを見て、おゆうは薄笑いした。この侍、自分からあいつが薩摩藩士だと認めたわけだ。

「俺は鵜飼伝三郎、こっちは東馬喰町のおゆうって者ですがね。あんたは」

「島津家家中、東郷平左衛門と申す」

おゆうは飲みかけていた茶を吹きそうになった。

「何だ。拙者の名が何かおかしいか」

「いっ、いえ、とんでもない」

おゆうは慌てて詫びた。伝三郎も怪訝な顔をしている。

「何でもございません。ちょっとお茶がむせただけで」

まさか、東郷平八郎連合艦隊司令長官の先祖かと思った、なんて言えるわけがない。

東郷は不快そうに鼻を鳴らすと、伝三郎に向き直った。

「何やら、当家の者に罪の疑いがあるのか」

「いえ、それを確かめたくて聞き回ってるんですがね」

伝三郎は、東郷の顔を覗き込むようにして言った。

「確証はないわけか。ならば、当家としては迷惑千万。家中の者をあからさまに疑うようなことは、慎んでもらいたい」

「てことは、俺たちが捜している相手に心当たりがおありなんですね」

挑発めいた言い方に、東郷の頰に朱が差した。

「人相風体が似ているからといって、れっきとした当家の上士を疑うとは、無礼であろう」

「そうですか。そうまで言われるのでしたら、お会いして話をさせてもらえば、片が付くんじゃありませんかね」

「何を申す。軽々に町方などに会わせるわけにいかん」

高飛車な言い方に苛ついたおゆうが、口を挟んだ。

「でも、御屋敷にはいらっしゃるんでしょう」

「この屋敷には、おらん」

え？　ここでまたとぼけるの？　おゆうは腹立たしくなってきた。

「でも、ご家中のお方なんでしょう……」

言いかけて、はっと気付いた。ここにあるのは上屋敷。普段はそれ以外に詰めているのか。なら、この界隈で目撃情報が少ないのもわかる。

「そのお方のお名前、伺えませんか」

ストレートに聞いてみた。簡単に言うとは思えなかったのだが、東郷は意外にも、少し考えてからちゃんと答えた。

「市来(いちき)繁十郎(しげじゅうろう)。大殿のお近くにお仕えしておる」

言ってから東郷は胸を反らし、恐れ入ったかという風に伝三郎を見下ろした。おゆうにはイマイチ意味がわからなかったが、伝三郎には通じたようだ。

「ほう、そういうことでしたか」

「わかったら、早々に立ち去られよ」

じろりと睨む東郷に肩を竦めて見せると、伝三郎は立ち上がった。

「それじゃあ、失礼させていただきましょう」

伝三郎はおゆうを促して立たせると、東郷を一瞥(いちべつ)しただけでくるりと背を向け、その場から去った。伝三郎のあっさりした態度に戸惑いつつ、おゆうはその後を追った。ちらりと振り返ると、東郷が怒ったような安堵したような、複雑な表情でこちらを見つめていた。

二町ほど歩いてから、おゆうは伝三郎の袖を引いた。

「ねえ鵜飼様、あれだけで良かったんですか」

「うん、あれ以上食い下がっても、揉めるだけだ。引き時さ」

伝三郎は、さして残念そうな顔はしていない。

「あの東郷って侍、江戸詰めが長いのか、薩摩弁は出なかったな。だが、まだ頭の方は江戸慣れしてねえようで、駆引きが下手だ。あいつが喋ったことで、いろいろとわかったぜ」

「市来って名前以外にも、ですか」

「ああ。まず、奴は大殿のお近くにお仕え、と言ったな。つまり先々代の御殿様、上総介(かずさのすけ)様の近習ってわけだ。上総介様は高輪(たかなわ)の下屋敷にいるから、奴も普段この上屋敷じゃなく、そっちに詰めてるんだ」

「じゃあ私たちが見た日、上屋敷に入ったのは……」

「おそらく、蜻蛉御前を始末したことを留守居役か誰かに知らせて詫びた上、万一の時のもみ消しの段取りをしたんだろう。だから俺たちが聞き回ってるのを知って、東郷が出て来たんだ。さすがに市来本人は表に出れねえだろうからな」

なるほど、とおゆうは手を打つ。

「大殿様って、太一郎さんから聞きましたけど、公方様の御台所の父君ですよね。そのご近習だと言って名前まで私たちに教えたのは……」

「手出しするとそっちが厄介なことになるぞ、ってぇ脅しだ。だが、おかげで今回の一件は、上総介様とその取り巻きが仕組んでるってことがはっきりした。語るに落ちる、ってやつだな」

伝三郎はニヤリとしたが、すぐ真顔に戻った。

「だが、藪をつついちまったわけだからな。ここから先は、戸山様に上げよう。お前は左門に事の次第を話しておいてくれ」

「えっ、上に投げちゃうんですか」

おゆうは驚いて言った。市来を炙り出す手立てをもっと講じるかと思ったが。

「何しろ相手は、高輪下馬将軍なんて言われたほど権勢のあるお方だからな。お前が太一郎から聞いた話と合わせて、どう片を付けるかは御奉行に考えてもらおう」

政治的配慮が入り込んでくるのか。伝三郎や戸山の立場としては、それもやむを得ないだろうが。

「お前も気を付けろよ。薩摩の手先は、当分俺たちを見張るだろうからな。いつもの調子で、勝手な真似をするんじゃねえぞ」

伝三郎は本気でおゆうを心配しているらしく、かなり真剣な目で言った。

「え、は、はい。わかりました。慎みます」

おゆうは素直に言った。が、腹の中は違う。心配してくれるのは嬉しいが、おゆうとしては、四件の殺人と一件の殺人未遂をやった主犯を、このままにしておくつもりはなかった。

第四章　薩摩の大罪

十三

その晩、東京の自室にこもった優佳は、薩摩の「大殿様」についてネットで検索した。大殿、つまり島津上総介重豪（しげひで）は、一七五五年から一七八七年まで、三十二年間も藩主の座にあった。隠居からも三十五年経っているが、八十歳近いのに全然元気で、未だに藩の実権を握り続けているらしい。贅沢好きで放漫財政を続け、薩摩藩の財務内容を致命的に悪化させた張本人であり、緊縮財政を主張した長男の藩主とその側近一派を失脚させたりもしている。その一方、教育関係の充実を図るなど、開明的な政策も行っていた。意外なことに、蘭学にも傾倒していたようだ。

（なんともすげー爺さんだわ）

優佳はネットの記述を読んで呆れた。こんなジジイなら、何だってやりかねない。直接の指示の有無に拘（かか）わらず、市来たち側近連中が、意向を忖度して暴走することも充分にあり得るのではないか。

（蘭学が好きなら、ヨーロッパの財政学や政治学も勉強しなさいよね）

まあこの時代は、蘭学と言えばサイエンス系オンリーだから、言っても仕方ないのだが。

画面のスクロールを続けていると、ＬＩＮＥの着信音がした。宇田川からだ。スマホを開くと、「分析した」と一言だけ。蜻蛉御前の家で採取した微細証拠のことだろう。ブツが届いてから二十四時間と経っていないのに、ずいぶん早い。内容には一切触れていないので、優佳はそのままスマホで宇田川を呼び出した。

「もう分析できたの？　何か出た？」

宇田川の唸り声のような応答を聞いて、優佳はすぐ前置き抜きで尋ねた。

「大したものは出なかった」

抑揚が少ないのでわかりにくいが、残念がっているようだ。

「糸くず、髪の毛、昆虫の死骸の一部、鼠（ねずみ）の糞（ふん）、砂粒、紙の切れ端。普通にある家のゴミだな。容疑者の身の回りにあるものと一致するのがあれば、一発だが」

それは通常の捜査手法だが、今回は、事実上実行犯は確定していた。

「ううん、それはいい。もう殺人犯はわかってるから」

なんだ、と嘆息する声が聞こえた。優佳は、市来のことについて教えた。

「サツマジゲンリュー？　それ、剣術としちゃ、チートなのか」

「最強万能（チート）とまでは言わないけど、強いのは確かかね。一刀で斬り殺したんだから」

ふうん、と宇田川が鼻を鳴らす。

「で、そのチート野郎をどう追い込むんだ」

「バックがデカいからねえ。ちょっと考え中」

「証拠物件について、後は何をすりゃいい」

「そうね。パリトキシンはなかったの？」

「あの家に毒殺に使ったブツの粉でも落ちてなかったか、てことか。ああ、それっぽいのはあった。だが検出するには検体が少な過ぎる」

そう思い通りにはいかないか。

「ただ、紙の切れ端はパリトキシン入りの粉を包むのに使ったやつかもしれん。今言った、それっぽいのが付着してた」

「そっか。持ち運びする以上、粉末なら何かに包まないとね。どんな紙だったの」

「茶色っぽい、和紙だ。浅草紙みたいな再生紙じゃなく、新しいやつ。成分は……」

余計な説明が出そうなので、慌てて遮る。

「つまり、一般的な和紙だってことね」

「まあ、そうだ」

「それに何か染み込んだりしてないかな」

「それは今、調べてるが、時間がかかる。やっとくから、何か出たら知らせる」

「わかった。お願いね」

いつもながら、本人の趣味とはいえ、無料でここまでやってくれる宇田川の存在は、本当に有難い。大袈裟な感謝を伝えると却って嫌がるのも、さらに有難い。

「ところで、ちょっと提案だが」

珍しく宇田川が咳払いして、何か持ちかけてきた。

「提案？」

「実は、アレをまた作ったんだ」

「アレって？」

「前に俺が、どっかの荒れ寺で使ったやつだ」

「ああ、あれね……って、ええ？」

優佳は目を剝いた。宇田川は淡々と続ける。

「あれ、そのチート侍に使えないか」


翌々日の昼、おゆうは江戸の家で宇田川と向き合っていた。

「ＰＣＲ検査はしたって言ってたけど、もう一回しなくて大丈夫？」

宇田川は顔を顰めた。

「ＧｏＴｏキャンペーンが始まろうってときだぞ。今は感染の谷間なんだ。そこまで神経質にならなくても」

でも、こっちは感染症の備えのない江戸なのよ、と言いかけたが、それは宇田川の方が重々承知しているだろう。神経質すぎると言われればそうかもしれないので、おゆうはコロナを頭から追い出し、目の前のことに集中した。

「さてと」

おゆうは押入れの前に風呂敷に包んで置かれている機材を、顎で示した。

「リースショップで借りてきたのよ。今夜、あんたのアレと一緒に使うつもりだけど、うまく行くかは五分五分よね」

「俺はもっと確率は高いと思うが」

宇田川は表情を変えずに言ったが、自信ありげだった。おゆうはそこまで楽観していない。

「まず、相手がうまくおびき出されてくれるかよ。出てくれれば、ぐっと確率は上がるけど」

わかってる、と言う宇田川の前に、おゆうは絵図を広げた。

「まず、ここから五分ほど歩いた先の料理屋。私が先に行くから、あんたは十分後にここを出て、違う道筋を通って行って。私は奥の座敷にいるから、合流したら私の話に合わせて喋って。いいわね」

「もう二度も聞いたぞ」

「きっちり覚えてもらわなきゃ。手違いはご免だからね」

信用しないのかとばかりにむすっとする宇田川を無視し、おゆうは最後まで細かく段取りを確認した。宇田川が面倒臭そうにいちいち頷く。

「じゃあ、取り掛かるよ。頼むわね」

一通りおさらいしたおゆうは、潮時と見て立ち上がった。宇田川は「うん」と唸っただけだ。外見からは、緊張しているかどうかもわからないが、信用しておくしかない。

家を出たおゆうは、浜町堀に沿った東緑河岸(ひがしみどりがし)に出て、何度か行った料理屋に入った。亭主に言って空けさせておいた座敷に入る。別嬪で腕利きの女親分として界隈に知られているおゆうなら、どこの店も多少の無理は聞いてくれた。

裏路地に向いた窓の障子に、ちらっと目をやる。薩摩の手先は、そこで聞き耳を立てているはずだ。承知の上で神経を研ぎ澄ませれば、尾行者の存在は感知できた。確かに家を出たときからここまで、尾けられている。だが、現代との通路を通ってきた宇田川が家にいたとは、思いもしないはずだ。

十分後、打合せ通り宇田川が現れた。亭主に案内され、座敷に入っておゆうの前に座る。呼ぶまで膳は運ばなくていいと亭主に告げ、おゆうは話を始めた。

「先生、何かわかったんですか」

「あ、うん、わかった。あの毒物は、やはり薩摩だ。おそらく琉球から取り寄せたものだろう」

「薩摩のお侍が関わっていることは、間違いないんですね」

「うむ。それだけの証しは手に入れたと思う。それがあれば、御奉行も動かざるを得まい」

「まあ、それは……待って、それを知ってるのは私と先生だけなんですよね。ここでその話はやめましょう」

「どこか人目のない場所で、ということか」

「誰が聞いてるかわかりません。本郷に周善院という知り合いの寺があります。そこの住職は今夜留守にします。他に人はいませんから、住職に庫裡を借りると頼んでおいて、そこで話しましょう。そのうえで、戸山様にどうお話しするか、考えましょう」

では、今夜五ツに、と申し合わせ、了解したところでおゆうは亭主を呼んで、膳を頼んだ。膳を待つ間、おゆうは息を詰め、外の気配を窺った。もう大丈夫、と確信できたところで、宇田川に目で合図した。宇田川が、ほうっと肩の力を抜いた。見た目ではわからなかったが、やっぱり緊張はしていたようだ。

「これで大丈夫なのか」

「たぶんね。外の見張りの気配は消えたから、薩摩屋敷に報告に戻ったんでしょう」

会話自体は正直、だいぶぎこちなかったと思う。台本の棒読みにならないか危惧したが、それよりはましだった。聞いた相手が信じたかどうかは、結果を見るしかない。そこで焼き魚の載った膳が運ばれて来たので、二人は会話を控えて食事に取り掛かった。この魚と同じように、相手が釣り針に掛かって料理されてくれればいいのだが。

本郷から谷中（やなか）にかけては多くの寺がある。本郷の北寄りの台地上にある周善院は、住職一人が住まうだけの、地味な寺であった。昔はそこそこ立派だったようだが、今は訪れる人も少ない。通りから引っ込んだところに石段があり、それを上がった境内には湧き水を引き込んだ池と、梅や木蓮（もくれん）などの木がある。実はこの池の存在が、ここを選んだ大きな理由だった。

おゆうは境内の片隅、庫裏のすぐ前にある柳の木の下に蹲（うずくま）り、じっと待っていた。もう間もなく、五ツになる。空は雲で覆われ、月明かりもない。遠雷のようなものも、聞こえていた。やがて雨になるだろう。

寺の灯りは、庫裏の奥の蠟燭一本以外、一つも灯っていない。住職には金を渡し、今夜一晩、寺を明け渡してもらっていた。寺社方はもちろん、近所の誰にも今夜のことは口外しないよう、きつく言い含めてある。

さて、本当に現れるだろうか。ここで位置についてからずっと、おゆうは自問していた。おゆうと宇田川が決定的証拠を握ったと思わせる餌（えさ）を撒いたが、相手が証拠など残していないと確信していれば、無視されるかもしれなかった。しかしそれなら、おゆうたちに密偵を張り付かせておく必要などないだろう。相手にはやはり不安があるのだ。なら、そこにつけ込めるはずだとおゆうは考えていた。

暗視スコープを通して、宇田川が潜んでいる二十メートルほど離れた石灯籠の方を見た。おゆうの指示を守って、ほとんど動かずじっとしているようだ。後はタイミングだが……。

頭を巡らせたとき、スコープの端で何かを捉えた。はっとして身を竦める。間違いない。石段を誰かが上ってくる。

おゆうは息を詰め、石段の方をじっと見つめた。間もなく、上ってきた者の全身が見えた。侍だ。羽織は着ていない。おそらく、刀を振るいやすいように脱いできたのだろう。背格好はあの市来と同じようだ。

侍は境内に数歩踏み出して立ち止まり、頭を左右に向けて様子を窺った。おかげで顔の輪郭が見えた。おゆうは無言でガッツポーズを出した。標的確認。市来に間違いない。

おゆうは手で宇田川に合図を送った。髪の毛が落ちた音も聞こえそうなほどの静寂なので、インカムは使えない。宇田川は合図に気付いたようで、手を一振りして了解を伝えた。おゆうは身構え、相手が動くのを待った。

市来は、境内の真ん中でじっと立ち止まっている。どうやら、目も閉じているようだ。庫裡の小さな灯りには気付いているだろうが、怪しい罠などないか、精神を集中して気配を捉えようとしているのだろう。なるほど手練れだわ、とおゆうはつい感心した。

市来が顔を上げ、ゆっくりとおゆうの方を向いた。目が合った気がして、総毛立った。こちらの気配に気付いたのだ。音を出したはずはないのに、大したものだ。そう思ったとき、市来の口元に笑みが浮かんだ気がした。

市来がこちらに一歩、踏み出した。一切音を立てずに、また一歩。じりじり近寄ってくる。よし、もういい。おゆうは足元の機械の電源をオンにした。静音タイプのはずだが、静寂の中では空気が震えるほどの音が出た。おゆうはびっくりして飛び上がりかけた。

市来がぎくりとしたように動きを止めた。突然響き出した耳慣れない音に戸惑っているようだ。が、少し様子を窺うようにしてから構えを戻し、再び間合いを詰め始めた。足の運びに揺るぎは見えない。音を発しているのが何であれ、対処できる自信があるのだ。怯えて逃げ出されては大変と思ったが、さすがである。

腰の刀の柄に、右手がかかった。すごい殺気だ。おゆうは冷や汗をかき始めた。宇田川、頼むぞ、間違うなよ……。

石燈籠に物が当たる、かちんという音がした。機械音に紛れてはいたが、バチカンの鐘の音くらいに響いた気がした。

市来がはっと身を竦め、そちらを向いた。おゆうはこの瞬間に暗視スコープを取って、目を閉じた。

音は聞こえなかった。爆発音を近所の人たちに聞かれないよう、音源を外してあるのだ。だが、凄まじい閃光（せんこう）は目を閉じていてもはっきり感じ取れた。「うおっ」という市来のものらしい叫びが、耳を打った。

おゆうは目を開けた。宇田川の投げたフラッシュバンの閃光は既に消えている。暗視スコープを着け直すと、十メートルほど先で市来が刀を持ったまま目を覆い、膝をついていた。だが、やはりただ者ではない。見当識は失ったようだが、倒れる様子はない。このままでは、すぐに復活するだろう。恐れていた通りだった。

市来は、僅か数秒で立ち上がった。多少ふらついてはいるが、意識はしっかりしているらしい。改めておゆうの方に体を向け、目を閉じたまま呼吸を整えている。どのみち真っ暗な中で刀を振るうつもりだったのだ。目が見えなくとも同じだろう。おゆうは息を呑んだ。市来がにじり寄り、瞼（まぶた）を開くと落ち着いた動作で刀を振り上げた。そのまま勢いよく振り下ろせば、間違いなくおゆうに届く。

もう猶予はなかった。おゆうは木に寄りかかって構えを安定させ、銃口をぴたりと市来の顔面に据えると、引き金を絞った。

「ぐわっ」

言葉にならない叫びを上げ、市来が後ろにのけ反って尻もちをついた。いや、背中から地面に叩きつけられたと言った方がいい。いかに手練れの武士とはいえ、最高圧に設定したケルヒャー高圧洗浄機のノズルから迸る高圧水を至近距離から顔に浴びれば、ひとたまりもない。良い子は絶対、マネしないように。

このユニットをここまで運ぶのは、大変な作業だった。洗浄機本体より、これの電源に使う大容量バッテリーが重かったのだ。一方、水は寺の池にホースを突っ込んで供給できたから、問題なかった。

おゆうは逃れようとする市来に、高圧水を当て続けた。びしょ濡れでのたうち回りながらも、刀を捨てないのは見上げたものだ。しかし、高圧水に逆らって反撃はできない。おゆうはどこまでも追い詰めようとした。

だが、水を供給するホースの長さが限界に達してしまった。市来はまだ、戦意喪失するに至っていないようだ。水が弱まったと見て、よろよろと立ち上がった。まずい。逃げられる。

そのとき、暗視スコープに市来の背後に迫る宇田川の姿が映った。高圧水の衝撃のためか、市来は気付いていない。なんとか立ち上がると、足を踏み出そうとした。一瞬の間を置いて、その市来の脇腹に、宇田川が振るった金属バットがめり込んだ。市来の口から、蛙を踏みつぶしたような音が漏れ、体が二つ折りになった。運動音痴の分析オタクにしては、なかなか見事なスイングだ。市来がボールだったら、レフトスタンド中段くらいまで持って行かれたかもしれない。

それでも市来は昏倒しなかった。よろめきながら、反対の方へ逃れようとする。そのため、逆におゆうに近付くことになった。おゆうは洗浄機を構え直して再びノズルを市来に向け、ホースがとどく限りどこまでも追った。市来はもう、反撃の意志をなくしたようだ。抜き身の刀を持ったまま、こちらに背を向け、もつれる足を前に運ぼうとしている。

そこでおゆうは気付いた。そっちは石段だ。暗視スコープを付けたおゆうには見えているが、市来には見えないのだ。危ないぞ、と思ったおゆうは、放水を止めた。が、次の瞬間、市来の体が大きく傾き、あっという悲鳴と共に視界から消えた。

洗浄機を放り出し、慌てて駆け寄った。石段の下を覗き込む。一番下で、転落した市来が横ざまに倒れて痙攣していた。折れた刀が傍らに転がっている。暗視スコープ越しで色はわからないが、血らしい液体がじわじわ地面に広がっているようだ。

「どうだ、死んだか」

脇に寄った宇田川が、囁いた。おゆうはかぶりを振る。

「いえ、大丈夫みたい。当分は再起不能だろうけど」

「じゃあ、思惑通りうまく行ったってことだな」

宇田川は半死半生の市来を眺め下ろして、満足そうに言った。おゆうは呼子を取り出した。

「応援を呼んであいつを連行する。あんたは大急ぎで、洗浄機のユニットを片付けて。金属バットもね」

「ああ、わかった」

宇田川が気のない返事をしたとき、頬に水滴が落ちた。雨が降り出したらしい。宇田川は黒い空を見上げた。

「これで高圧水を撒いた痕跡も消えるな。ツイてる。いや、これも思惑通りか」

宇田川は肩を竦めると、のそのそと道具の片付けを始めた。洗浄機が本堂の縁の下に隠されたのを確かめ、おゆうは呼子を吹いた。

本降りになってきた雨の中、傘をさして石段の上に立った境田左門は、市来が転落した跡を調べながら嘆息した。

「ここで足を踏み外したか。やれやれ」

石段の下では、源七が傘もないまま、地面を調べていた。特に目を引くものはなさそうだが、念のためだろう。市来自身は、既に戸板に載せて運び出されていた。

「で、奴に池の水をぶっかけて挑発し、石段に誘い込んだわけか」

境田は呆れたような口調でおゆうに言った。

「よくもまあ、無事に済んだな」

「ええ、まあ、何とか。あいつの手先に尾け回されてましたので、やはりこのままにはしておけないと……」

「誰がそんなこと、しろと言った」

境田の横から、伝三郎の鋭い声が飛んだ。謹慎中にも拘わらず、おゆうと市来が対決したと聞いて、飛んで来たのだ。

「え、はい、それは……」

言い訳しようとするおゆうを、伝三郎は叱りつけた。

「市来は危ない奴だから気を付けろとあれほど言ったのに、自分から仕掛けるとはどういう料簡(りょうけん)だ。一歩間違えば、斬られてたんだぞ」

「あ、はい、でも……」

言いかけるおゆうから顔を逸らし、伝三郎は本堂の方へ進み出た。そこでは、宇田川が雨宿りしている。まずいな、とおゆうは顔を顰めた。さっさと消えろと言ったのに、本降りの中を傘も無しで帰るのは嫌だと言って、残っていたのだ。

「宇田川先生、こいつはあんたの仕掛けですかい」

伝三郎は宇田川の前に立ち、挑むように言った。

「仕掛けというか、私はおゆうさんの話を聞いて手を貸しただけです」

宇田川は、伝三郎の剣幕に引き気味になって言った。

「手を貸した？　相手は示現流の遣い手なんですぜ。止めるのが当たり前でしょうが。何をやってくれるんだ」

嚙みつかれて、宇田川もむっとしたようだ。

「しかし、その危ない男を野放しにしてもおけんでしょう。私だって、全く無謀なことをやったつもりはない」

「水をぶっかけて石段に誘い出すのが、無謀じゃねえってのか。たまたま引っ掛かったからいいようなものの、しくじったらどうなってたと思うんです」

「それは……」

フラッシュバンや高圧洗浄機や金属バットを使ったなどと言えない宇田川は、口籠った。伝三郎が畳みかける。

「あんた、おゆうが斬られでもしたら、どう責めを負う気だったんだ」

「そんなこと、させたりはしない！」

いきなり宇田川が怒鳴った。これには伝三郎だけでなく、おゆうも驚いた。宇田川、いったいどうしたんだ。

「おゆうさんを危ない目に遭わすなど、絶対にしない。この俺が、絶対に……」

そこで柄にもなく興奮したのに気付いたか、宇田川は言葉を切って咳払いした。

「私とて、無茶を承知でやったりしない、ということです」

「先生としちゃ、どうあっても無茶じゃなかった、とおっしゃるんで？」

伝三郎が睨みながら問うたが、宇田川は正面から睨み返して、「そうです」と言い切った。

「そうですかい」

伝三郎は、ふっと息を吐いた。

「そこまで言うんなら、そういうことにしときましょう。だが、これだけは言っとくぜ」

伝三郎は、宇田川にぐっと顔を近付けて言った。

「あんたの仕掛けでおゆうに怪我でもさせたら、この俺がただじゃおかねえからな」

宇田川の方も、迫られて俯くかと思いきや、自分からさらに顔を近付けて、言った。

「それは、こっちも同じだ」

何だと、と言うように伝三郎が眉を上げた。二人はそのまま、数秒睨み合った。が、ほぼ同時に溜息をつくと、すっと互いに離れた。伝三郎は宇田川に背を向け、不機嫌そうにおゆうを一瞥してから、石段の方へ歩み去った。

　おゆうは大きく安堵の息を吐いた。伝三郎を怒らせてしまったが、意外だったのは宇田川の態度だ。あんな風に伝三郎と対峙（たいじ）するなんて、東京でのあいつなら考えられない。いったいどうしちゃって……。そこではっとする。宇田川、もしかして？　目を見開いて宇田川を見る。が、そこにいるのは、いつもの面倒臭そうな顔をした宇田川だった。

「あのさ……」

　伝三郎たちが行ってしまったのを確かめてから、おゆうは宇田川に話しかけた。宇田川は、興奮のかけらも残っていない口調で応じた。

「鵜飼同心を怒らせちまったな。まあ、しょうがないか」

　それだけ言って、伝三郎のことはもういい、とばかりに宇田川は話を市来に戻した。

「それにしても、やっぱりチートだな。高圧水浴びてあれだけ耐えるとは、タフな野郎だ」

「そうだね。もっと早く降参するかと思ったけど」

「あんな太い奴が毒薬使いなんて繊細なこともできるとは、驚きだ」

「だよね、文武両道ってのか……」

そこでおゆうは言葉を止めた。何だこれは。ひどく大きな違和感が、体の底から湧いてきた。剣の達人と、エセ巫女と、毒薬……。

「何だ、どうした」

宇田川が怪訝な顔でこちらを見ている。おゆうは首を振って、言った。

「ちょっとこの事件、最初から整理してみるわ」

宇田川を送り返した後、家で待ってはみたが、やはりと言うか、伝三郎は来なかった。もう時間が遅いこともあるだろうが、周善院での立ち回りについて、まだ怒っているに違いない。申し訳なかったが、この間に事件について再検討しようと、東京に戻った。

テレビを点けると、十一時のニュースでＧｏＴｏキャンペーンの是非について、識者と称する人たちが聞き飽きたような議論を続けていた。感染症にしょっちゅう見舞われる江戸の方が、ずっと落ち着いているように見えるのは皮肉なものだ、などと改めて思いつつテレビを消し、優佳はパソコンを開いた。

毒殺の経緯を表にして、改めて見てみる。

第一事件　平戸屋　毒物摂取一八～一九時頃　発症二二時頃　死亡六時頃
第二事件　河村　毒物摂取一八～一九時頃　発症二〇～二一時頃　死亡二時頃

第三事件　玄海屋　毒物摂取一八～一九時頃　発症二〇時頃　死亡三時頃
第四事件　朝倉屋　毒物摂取一八～一九時頃　発症一時頃　生存

ふむ、と優佳は一覧表を見て首を捻ってから、パソコンの脇に手をやった。そこには、パリトキシンの解説や島津重豪の経歴、琉球と薩摩の関係などが記載された、コピーやプリントアウトが積んである。それを取り上げ、一枚ずつ丹念に読み込んだ。

気付いたときは、もう午前二時になっていた。今日はこっちで寝るか、と伸びをしたとき、スマホが鳴った。宇田川からのＬＩＮＥだ。あの後の様子を尋ねてきたなら、大丈夫お疲れ様、と返そうと思い、開いてみる。が、送信された内容は全く違うものだった。

「紙の分析結果　炭酸アンモニウム」

何だこれは。すぐに電話した。

「炭酸アンモニウムって何よ」

いきなり問うたが、宇田川は平然としている。

「二酸化炭素とアンモニアの化合物で、組成式は（ＮＨ４）２ＣＯ３……」

「そんなこと聞いとらーん！」

思わずスマホに叫ぶ。

「江戸では何に使う代物なの」

「後で調べとく」

今は知らんのかい！

「とにかくそれが、蜻蛉御前の家で見つかった紙の切れ端に染み込んでたのね」

「そうだ」

「わかった。取り敢えず、ありがとう」

「で、そっちは。最初から整理するとか言ってたが」

「ああ、それね」

優佳はプリントアウトの束を持ってパソコン画面を見ながら、半分は自分に向け、呟いた。

「ま、ちょっと見えてきたかもね」

十四

翌朝、おゆうは築地の芝蘭堂の門前に立っていた。歴史の本に登場する場所を江戸で実際に訪ねるのは、滅多にない経験だ。ちょっと緊張をほぐそうと、改めて看板を眺める。知識の殿堂なのに「知らんどー」なんて名を付けるとは、センスがないのか洒落(しゃれ)なのか。

親父ギャグみたいな発想に一人で赤面していると、若い弟子が出てきて、中へと案内してくれた。奥の方から、何人かの議論するような声が聞こえる。教場のような部屋があるのだろうか。いわば私立大学のような場所なのだから、当然かもしれない。

「これはこれは、おゆう親分さんでしたな。先日はどうも、ご厄介に」

客間に現れた大槻玄沢は、愛想よく言った。

「とんでもない。こちらこそ、あんなことに巻き込んでしまいまして、とんだご迷惑をおかけいたしました」

おゆうは恐縮しきって頭を下げた。無断腑分けの件は戸山が隠蔽(いんぺい)してしまったので、伝三郎の謹慎以外、公の沙汰は一切なかった。とはいえ、玄沢にとってプラスにならなかったのは確かだ。

「いや、お気になさらず。腑分けできなかったのは、残念でしたな」

玄沢は、本気で残念に思っているのだろうか、とおゆうはつい考えた。

「ところで、本日はどのようなことで」

「はい。玄海屋さんは、やはり毒殺であったようです。そればかりか、似たような死に方をされたお二方も」

パリトキシン、という話はできないが、おゆうは蜻蛉御前と市来の怪しい動きを探り出し、太一郎の話から薩摩が関わる陰謀と突き止めた経緯を、話した。捜査情報に関わることだが、玄沢相手なら構うまい。

「何と、そのようなことだったのですか」

玄沢は目を見張り、呻くように言った。

「どうにも恐ろしい話ですな。その毒は、琉球からのものとお考えですか」

「はい。大槻先生は、そのようなものをお聞きになったことがおありでしょうか」

「ふむ。蘭学では、南方の海や島で見つかる生き物や植物に、様々な毒があることが知られております。おっしゃるような毒はまだ聞いたことがありませんが、我々のまだ知らぬ毒が琉球にあったとしても、不思議ではございますまい」

玄沢はいかにも学者らしく、深く考える様子を見せた。

「江戸で知られていない毒なら、疑われず病死ということで済む。そう考えて、薩摩にとって邪魔な人々を始末するのに使った。親分さん方は、そう見ておられるのですな」

「おっしゃる通りです」

宇田川の考えでは、パリトキシンを含む海生生物の部位を抽出して乾燥、濃縮し、溶液あるいは粉末とする技術を持った者がいたのではないか、ということだ。歴史の記録上にはないようなので、闇から闇へと消えたのかもしれない。

「このこと、どうかご内聞に願います」

「無論、承知しております。お話しいただき、ありがとうございました」

玄沢が礼を述べたところで、おゆうは話を変えた。

「ときに、薩摩の大殿様は蘭学が大層お好きと聞きましたが」

「は？　ああ、高輪の御屋敷の、大殿様ですな」

思った通り、玄沢は重豪のことを知っているようだ。

「確かに、蘭学に傾倒しておられます。もともと学問好きのお方だそうで、そう申せば、琉球の本草学（植物学）にもご興味がおありと聞きました」

重豪は、「質問本草」という琉球の植物に関する本を編纂させている。出版されるのは十五年ぐらい後だが、重豪の学究心は本物だ。だから毒物について詳しいということにはならないが。

「大槻先生は薩摩の大殿様についてお詳しいようですが、お会いになられたことはありますか」

「いえいえ、私などが御目通りなど、畏れ多い」

玄沢は、目を細めてかぶりを振った。

「御謙遜を。大槻先生は、蘭学ではいまこの国で一番とお聞きします」

「これは、恐れ入りました」

玄沢は苦笑気味の笑いで応じた。満更でもなさそうなので、やはり自負があるのだ。

「私は直に関わっておりませんが、私のところで学んだ者が、薩摩のご相談に与ったことはございます」

十年くらい前、薩摩藩の財政改革に助言した、佐藤信淵のことを言っているのだ、とおゆうにはわかった。下調べしてきた甲斐があった。

「今でもどなたかが、出入りされていますか」

「左様、蘭学については、大殿様ばかりでなくご近習にも学ばれる方はおられますので、御屋敷に呼ばれる蘭学者は幾人か」

「ああ、やはりそうですか」

おゆうは身を乗り出すようにして、最も知りたかったことを尋ねた。

「その中に、大槻先生のご存じの方はいらっしゃいますか」

「ええ、おりますよ」

玄沢は屈託ない様子で、答えた。

芝蘭堂を出たおゆうは、その足で北へ向かった。白魚橋を渡って楓川沿いに新場橋辺りまで歩き、そこで聞き込みを始めた。現代で言うと、都営浅草線の日本橋と宝町の真ん中くらいだ。範囲はそれほど広くないので、四、五軒ほど聞くと、目的の家がわかった。

そこは、小さな瀬戸物屋だった。おゆうは暖簾をめくり、店番をしていたおかみさんに声をかけた。

「ちょっと聞きたいことがあるんですけど、いいかしら」

四十くらいのおかみさんは、おゆうの十手を見てぎょっとした。

「まあ、女親分さん？　いったい何でしょう。うちは御上を煩わすようなことは」

「いいえ、別に悪いことじゃないんです」

おゆうはできるだけ明るい笑みを作って、手を振った。

「しばらく前に、こちらで世話してた犬が亡くなった、って聞いたんですけど」

おかみさんは、きょとんとした。

「小太郎（こたろう）ですか。御上がそんなことを気になさるなんて」

「ちょっとわけがあってね。その小太郎ちゃんって犬が亡くなった様子を、話してもらえます？」

「はあ……」

おかみさんは訝しみながらも、子犬の時から七年なついていた犬が急に死んだときのことを、詳しく話してくれた。

「前の日まで元気に走り回ってたんですけどね。外から戻ってすぐ、急に苦しむような感じになって。歩けそうになかったんで、抱えていつもお世話になってるお医者に運びましたよ。人間様のお医者だから診てくれるかと心配だったんですけど、ちゃんと診てくれました。結局助からなかったんですけどね。その後は下の子が大泣きしちまって、もう大変でしたよ」

おかみさんは、小太郎の最後の時を思い出してか、溜息をついて肩を落とした。

「申し訳ないけど、苦しみ出したときのこと、もう少し詳しく話してくれますか」

おかみさんはおゆうの頼みに応じ、事細かに説明してくれた。それで哀しくなったのだろう。だんだん声が小さくなった。

「何か悪いものでも食べちまったんだよ。むやみに落ちてるものは食べないよう、教えてやったつもりだったんだけどねえ……」

遠くを見るような目付きになったので、おゆうは詫びてこの話を終わらせた。

「ところで、話は変わるんですけど」

おかみさんが、訝し気な顔に戻っておゆうを見た。おゆうは懐から、自分で作った人相書を出した。我ながら、結構上手く描けていると思う。

「こういう女、そのお医者で見かけたことはありませんか」

その夕刻、伝三郎がやって来た。機嫌を直してくれたようだ。おゆうは喜んで、すぐに酒と肴を用意した。

「昨夜は済まん。ちっと言い過ぎたな」

「いえいえそんな。勝手なことした私が悪いんです。本当に、ごめんなさい」

おゆうはできるだけ反省している様子を見せ、俯いた。伝三郎が盃を干し、やれやれと嘆息する。

「何度お前にそうやって謝られたか、わかりゃしねえ。この大嘘つきめ」

そんなぁ、と情けない顔をしてみる。伝三郎が笑った。

「まあ、いつものことだ。惚れたこっちが運の尽き、ってわけだな」

「あは、いえ、そんな」

あれ、今、惚れたって言ったよね。それをはっきり口にしたの、初めてだったりしない？　おゆうは顔が火照るのを感じた。

「そんな風に言って下さるなんて、嬉しいです」

すぐに酒を注ぎ足したが、零れそうになって慌てた。伝三郎が急いで口をつけ、呷る。

「しかしあの千住の先生も、何を考えてるのかわからねえお人だぜ」

宇田川のことが出て、おゆうはびくっとした。

「ま、まあ、確かに変わったお方ですけど。あ、私もいただきますね」

気を鎮めようと、伝三郎が注いでくれた酒を急いで啜った。

「俺が見るところ、ありゃあ間違いなく、お前に気があるな」

おゆうは啜りかけた酒を吹いた。

「いっいえ、何をおっしゃるんですか」

「お前が慌てなくてもいいだろう。それだけいい女なんだ。その気になる奴が増えたって、不思議じゃねえさ」

「いやぁー、私はそんな」

もう、どう言ったらいいんだろう。とにかく話を変えなくちゃ。

「と、ところであの市来って侍ですけど、何か喋りましたか」

「おう、そのことだが」

伝三郎は急に真顔に戻った。今日来たのは、それを伝えるためでもあったらしい。

「何にも喋らねえ。かなりの怪我ってこともあるが」

良かった。意識不明になるほどの重傷ではなかったようだ。

「ただ、妙な雷に打たれて不覚を取った、とだけ口惜しそうに漏らしたな」

「はあ、雷ですか」

おゆうは落ち着かなくなって、身じろぎした。

「確か前にも、変な雷に助けられたことがあったよな」

おゆうは冷や汗が出そうになった。一年前、宇田川がフラッシュバンを使ったときのことを言っているのだ。

「誰か近所で、雷に気付いた人はいたんですか」

「いや、源七に聞き回らせたが、誰もそんなもの見聞きしてねえ」

ほっとした。音源を外したのは正解だ。あの刻限なら付近の住人は家の中だから、石段の上にあって木々に囲まれた周善院の境内で凄い光が出ても、気付かなかっただろう。

「苦し紛れか、捕まってしまったことの言い訳の作り話でしょうか」

「さあ、どうかな。ただまあ、昨夜の天気なら雷が落ちてもおかしくはねえが」

伝三郎は曖昧に言って、おゆうを見た。思わず目を逸らしてしまう。

「で、でも、何も喋らないのは困りましたね。まだ御白州に出せるほどの証しはないですし」

危険人物である市来を拘束することを優先したので、江戸の御白州で通用する証拠は用意できていない。黙秘を続けられると厄介だ。その一方、自分が捕らわれた状況については喋らないことを当てにしていた。町人の女に手玉に取られたとは、薩摩隼人の面目にかけて、口にできないだろう。

「御家に迷惑をかけるわけにいかねえ、ってことだな」

伝三郎も苦々しそうに言う。

「このままだと、どうなるんです」

「恐らく、薩摩屋敷から引き渡しを求めてくるから、応じざるを得ねえだろう。戸山様だって、あんまり表沙汰の大ごとにはしたくねえだろうし」

「市来は、罰せられないのですか」

おゆうは目を怒らせて聞いた。あんな大仕掛けまでしたのは、何人もの毒殺を謀ったうえ、蜻蛉御前を無残に斬り殺した奴をどうしても許せなかったからだ。再び手を出せなくなるとしたら、到底気が収まらない。

「そんなことはねえだろうさ」

伝三郎が、宥めるように言った。

「島津家が殺しを命じたわけじゃあるめえ。奴がやったことは俺たち町方に知られた以上、御老中の耳にも入る。薩摩としても体面があるから、勝手なことをして御家に傷を付けた市来をそのままにしちゃおけねえ。屋敷に引き取られてから内々で切腹、って幕引きになるんじゃねえか」

はあ、とおゆうは溜息をついた。

「四人も殺されたのに、薩摩の企みには蓋をされちゃうんですね」

「お前が腹を立てるのはわかるが、全く知らん顔ってわけでもねえ。さすがに御老中も、薩摩に釘(くぎ)を刺すだろうさ。これ以上御府内で好き勝手をやったら、ただじゃ済まなくなるってな」

「だといいんですけどねえ」

この事件については、やはり歴史上の記録はない。老中首座、水野出羽守ら幕閣が動いたとしても、それはおゆうにもわからないのだ。

「まあそれでも、大殿の上総介様に累が及ぶことはあるめえ。市来が全部背負うだろうさ。ああいう武骨者は、これが忠義と思えばテコでも動かねえからな。手を下したのは全部あいつだとしても、損な役回りだぜ」

そこで伝三郎は、おゆうが居住まいを正したのに気付いた。

「なんだ。何か言いたいことがあるのか」

おゆうは徳利を置いて、伝三郎を真っ直ぐ見据えた。

「鵜飼様。あの武骨者の市来が、本当に一から十まで、全部自分の手でやったとお考えですか」

十五

翌朝早く、伝三郎とおゆうを迎えた里井瑛伯は、不意の来訪に驚いたようだった。

「鵜飼様におゆう親分さん。ずいぶんお早いお越しですね」

「ええ、診てもらう方々のお邪魔にならないよう、皆さんが来られる前にと思って、朝駆けさせていただきました。ご迷惑でしたら、済みません」

「いえいえ、そういうことでしたら。ささ、奥へどうぞ」

瑛伯は診察室ではなく、その奥の客間らしい座敷に二人を通した。座敷には書物を並べた棚がある。全部蘭学の本らしい。

「立派なご本をお持ちなのですね。あれは、オランダ語ですか」

おゆうは目を見張って、アルファベットの背表紙を指した。瑛伯は、誇らしげな笑みを浮かべた。

「はい。長崎から送ってもらったものです。読むのは大変ですが」

「へえ、通詞を使わなくても阿蘭陀語がわかるんですか。大したもんだ」

伝三郎もしきりに感心する。瑛伯は頭を掻いた。

「読むのがほんの少しできるくらいです。喋ったり書いたりは、とてもとても」

「いや、ご謙遜でしょう」

伝三郎が言ったところで、下働きの男が茶を持って来た。瑛伯は二人に茶を勧め、自分も一啜りしてから、尋ねた。

「噂を聞いたのですが、一昨日の晩、本郷の方で大きな捕物があったとか。もしや、例のことに関わるものですか」

「ああ、先生の耳にも入ってましたか」

伝三郎が茶碗を置いて頷いた。

「薩摩の高輪下屋敷在番の、市来繁十郎という男を捕らえました。こいつが今度のことを仕掛けたようです」

伝三郎は、市来が蜻蛉御前を使って平戸屋、河村、玄海屋、朝倉屋の食事に毒を仕込んだと思われること、その蜻蛉御前を市来が口封じしたことを、かいつまんで話した。

「そうでしたか。琉球の毒ですか」

瑛伯は、酷い話だというように首を振った。

「それで、薩摩の大殿様が直に関わっていると、奉行所ではお考えなので」

「いや、正直、何とも言えません。その辺りは、俺たちみてぇな下っ端じゃ、わかりませんよ」

ずっと上の方で、どうするか考えるでしょうと伝三郎は渋面を作る。

「ですが、大殿様が殺しまで命じたとはさすがに思えねえ。恐らく、河村様や朝倉屋さんの動きが大殿様ばかりか薩摩七十七万石の害になると考えた連中が、勝手に先走った、てぇとこでしょう」

瑛伯は、なるほどと得心したような顔をした。

「ただねえ。大殿様はともかくとして、どうもすっきりしねえことが残ってましてね」

瑛伯が、え、と怪訝そうな顔をした。伝三郎はおゆうに目配せした。ここからは任せる、ということだ。おゆうは承知と小さく頷き、話し始めた。

「市来というお侍は、専ら剣術を見込まれて大殿様のお近くにお仕えしている人です。頭はいいようですが、医者でも学者でもありません。また蜻蛉御前は、身のこなしからすると忍びの心得があったと思われますので、おそらくそれを見込まれて、たかり商売をしていたところを薩摩に雇われたようですが、もちろん学はないでしょう」

瑛伯は、話がどこへ行くのか戸惑う様子になった。

「でも毒薬というものは、素人が使うのは難しいはずです。琉球から毒を手に入れても、どれくらいの量を飲めばどのくらいの時をかけて死ぬのか、どうやって飲ませればいいのかなど、確かめておかないとうまく行きません。それは、お医者である瑛伯先生なら、おわかりかと思いますが」

「は……その通りかと存じますが、何がおっしゃりたいのでしょう」

「市来さんと蜻蛉御前以外に、毒薬の使い方を考えて指図した人が、いたに違いないということです」

これが市来を捕らえたとき、おゆうが感じた違和感だった。この一連の事件は、毒殺を緻密に計画するコーディネーターがいないと犯行が成り立たないのだ。武骨一辺倒の市来に、そんなことができただろうか。

「それは……つまり、医者か学者がこの一件に加わっていたと」

瑛伯の顔が、強張り始めた。話の行く先が見えてきたのだ。そうです、とおゆうは言った。

「河村様ら四人の方々が毒を盛られたときのことを、書き並べて考えてみました。すると、妙なことに気付きました。みんなほぼ同じ刻限に毒を口にしているのに、一番初めの平戸屋さんのときだけ、毒が効き始めるのも亡くなるのも、遅いのです。効き始めが遅かったのは朝倉屋さんもですが、朝倉屋さんは食べたものがおかしいのに気付いて半分以上を吐き出しています。結果、朝倉屋さんは助かりました」

「と、いうことは……」

「はい、最初の平戸屋さんのときは、毒の量が少なかったのです。使い始めだったので、分量の見込みを間違ったのですね。これを手本に、河村様と玄海屋さんには、正しい量の毒が使われたのです」

瑛伯の顔から、色が失われていった。おゆうはさらに続ける。

「ところが、毒の量が少なかったのに、平戸屋さんは後の二人と同じように亡くなりました。一時は持ち直したように見えたにも拘わらず、です。これはどういうことでしょう」

おゆうは瑛伯の顔に、ひたと視線を据えた。瑛伯がたじろぐ。

「どういうことと申されても……まさかあなた……」

「そうです。呼ばれて駆け付けたあなたが、手当てするふりをして胃腸の薬と偽った毒を足し、平戸屋さんを殺したんです」

瑛伯は、しばしの間絶句していた。それでも間もなく立ち直り、反論をぶつけてきた。ただ、顔色は蒼白になったままだ。

「何ということをおっしゃるのです。医師である私が、手当てする相手を殺したなどと。証しがあるのですか。いや、その前に、どうして私がそのようなことをせねばならないのです」

「薩摩に、頼まれたからです」

おゆうは一言で返した。瑛伯が、再び絶句する。

「あなたは、高輪の薩摩の大殿様のもとへ、伺ったことがあるそうですね。大槻先生から聞きました。おそらく大殿様に会われたのは一度きりでしょうが、気に入られたんでしょうね。その後何度も、御屋敷の方へ行っておられたそうじゃありませんか。大殿様のご近習に、蘭学をお教えしていたのでは」

「た、確かに高輪の薩摩の御屋敷に参って、蘭学のお話をさせていただきました。だからと言って、なぜ私が殺しを頼まれることになるのです」

おゆうは棚にある本を手で示した。

「蘭学の本をたくさんお持ちですね。これだけ揃えるには、お金がかかるでしょう。長崎からお取り寄せの原書などは、特に」

「それが何です。私の金で購ったものです」

「そうでしょうか。あなたはこの界隈で評判のお医者様ですが、診療のお代もお薬代も格安で、お金に困っている方からは薬代を取らないこともある、と聞きました。それはとてもご立派なことですが、これだけの本をお求めになる余裕がおありとは思えません。拝見したところ、お薬も数多くお揃えになっているご様子。それだけの元手を、どうされましたか」

瑛伯の顔が歪んだ。

「まさか、薩摩から金を貰っていると？」

「はい、そうです」

おゆうは躊躇うことなく、答えた。

「初めは、大殿様の御意向で才のある若手の蘭学者の方々をお助けする、というだけだったのでしょう。でも、ここで余計なことを考えた人がいたのではありませんか。機会あるごとに金を出し、いざというとき好きに使える蘭方医を作っておこう、などと」

瑛伯の呼吸が荒くなった。やはり見立てた通りだったようだ。

「そんな中、河村様や平戸屋さんたち、長崎の交易で薩摩が勝手を通すことを良く思わない人たちが出てきました。でも、何とかして実入りを増やさないと、薩摩は借金で潰れかねない。こう言っては何ですが、薩摩の懐具合が悪くなった元凶は、大殿様の散財です。そこで大殿様のご近習が、大殿様をお守りするために、思い切った手段に出た。邪魔者を、始末したのです。琉球から手に入れた毒によって」

瑛伯が何か言おうと口を開きかけた。が、伝三郎に制される。おゆうは語りを止めない。

「ところが、毒は手に入れても、急な病で死んだと見せるには上手に使わなくてはいけません。でも、市来さんたちご近習には、手に余る。そこで医者を引き込むことにした。蘭方に秀で、毒も扱える人を、です」

「それが私だと」

瑛伯が呻き声のように呟いた。

「はい。医者としてそんなことに手を貸すのは、お嫌だったでしょうが、あなたにも事情はある。薩摩から貰っているお金が途絶えてしまえば、あなたの学問が進まないだけでなく、今救っている貧しい人たちも救えなくなる。そこであなたは、渋々従うことにした」

そう、瑛伯は患者を救うためと自身に言い訳して、悪魔に魂を売ったのだ。

「でも、毒物を預けられたものの、蘭学の書物にも載っていない毒を扱えるか、あなたにも確信はなかった。そこで試しに使ってみることにした。犬に、です」

瑛伯の顔に、明らかな動揺が走った。心の傷を突いたらしい。

「初めにここに伺ったとき、あなたが近所の犬も親身になって看取った、という話を聞きました。そのときは心優しいお方だと感心しましたが、近所で聞いてみたところ、あなたが看取った犬や猫はそれ一匹だけです。どうしてその犬だけだったのでしょう。あなた、ここにその犬が入り込んだときに毒を盛っておいて、どのような結果になるか仔細に調べていたのではありませんか」

瑛伯の額に汗が浮いた。実験のために患者の飼い犬を犠牲にしたことが、辛かったのだろう。小太郎ちゃんの魂よ、安らかなれ。

「その甲斐あって毒が使い物になるとわかったあなたは、とうとう殺しに手を染めた。平戸屋さんに使ったのです」

瑛伯は、平戸屋のかかり付けの医師だった。薩摩が瑛伯を引き込んだ大きな理由の一つは、それだろう。

「わ、私は平戸屋さんの夕餉に毒を盛る機会など、ありませんでした」

「わかっています。それは、町人姿に化けた蜻蛉御前がやったのです。蜻蛉御前がここに出入りしていたのを、覚えていた人がいます」

瀬戸物屋のおかみさんは、おゆうが示した蜻蛉御前の人相書を見て、瑛伯の待合室で見たことがあるとはっきり証言していた。

「あなたは毒を預かり、蜻蛉御前が来るたびに、処方した薬に見せかけて渡していたのです。医者で薬を受け取るのを見て、疑う人なんていませんからね」

玄沢から腑分けの話を聞いたときには、瑛伯はさぞかし驚愕しただろう。腑分けで毒の影響が判別できるのかどうか、そんな知識のない瑛伯は大きな不安に襲われたはずだ。玄沢に執刀を持ちかけられたのは、幸運だった。もし腑分けで何か不都合なものが出ても、自分が執刀していれば誤魔化せる。快諾したのも当然だった。

「あ、それからもう一つ」

おゆうは思い出して、指を立てた。

「あなたと朝倉屋さんに駆け付けるとき、私は誰かに見張られていると気付きました。後でそれは薩摩の手先だとわかったんですが、考えてみると、あれは蜻蛉御前殺しを調べ始める前ですから、私が薩摩に見張られる理由はないわけです。どうやらあの手先の男、私じゃなくあなたをずっと見張っていたんですね。ちゃんと指図通りにするかどうかを」

どうだという風に、おゆうは瑛伯を睨んだ。瑛伯の顔色が、青から朱に変わった。

「い、いい加減にして下さい。証しはあるのですか、証しは！」

いきり立つように背を伸ばす。そこへ伝三郎の鋭い声が飛んだ。

「おとなしく終いまで聞け！」

瑛伯はぎくりとし、縮こまるように座り直した。おゆうはその目の前に、懐から取り出した小さな紙の切れ端を突きつけた。

「蜻蛉御前の家の隅っこに落ちていたんです。ほんの僅かな、毒の残りと一緒に」

おゆうは右手で切れ端をつまんだまま、左手で懐から紙袋を取り出した。

「これ、こちらで出している薬を入れる袋ですよね。こうして並べると、色合いなんかよく似ていますね」

瑛伯の眉が吊り上がった。

「ば、馬鹿な。そんな小さな紙切れで。うちの薬袋は、特別なものじゃない。どこにでもある紙でできてる。同じだなんて、言いがかりだ」

「さあ、どうでしょうかねえ」

おゆうは薄笑いを浮かべた。実はその紙こそが、おゆうにとっての決定的証拠だった。

宇田川から「炭酸アンモニウム」が江戸で何に使われているのか、調べた答えを聞いたのは、昨日の朝だった。徹夜してくれたかと思ったが、案外早くわかったという。

「気付け薬のようだな。溶液として使ったのが、飛び散ったか何かで付着したんだろう」

「へえ。医者で使うものなの？」

「ああ。だが、こんなの漢方じゃ使わん。蘭方医だけだ」

「蘭方の薬？　てことは、蘭方医のところにあった紙……」

そこで優佳の頭の中にあった様々なものが一気に繋がり、薄々感じていたことが確信に変わった。瑛伯が加担していたのなら、連続毒殺事件に関わる違和感は、全て解消される。

だが、このことは御白州では使えなかった。江戸で使われている薬とはいえ、小さな紙片からそれを検出する方法は、江戸にはないからだ。だが優佳は、それでも構わないと思った。瑛伯が共犯と確信できた以上、後は攻め方次第だ。

「この紙切れ、バイク急送でそっちに送り返す」

「だったら夜にして。私は昼のうちに、聞き込みで裏付けを取る」

「わかった。後は任せる」

通話を終えた優佳は、頭の中で瑛伯を追い込む手段を整理した。江戸では罪刑法定主義はほぼ確立しているが、疑わしきは被告人の利益に、という推定無罪の原則は存在しない。状況証拠だけでも、逮捕、訴追は可能だ。明日こそ見てろよ、と優佳は思った。

その結果が、今のこの対決なのだ。

瑛伯は、小刻みに震え始めていた。おゆうの自信たっぷりな様子に、呑まれてしまったようだ。おゆうは駄目を押すことにした。

「ここを調べさせていただきますよ。家捜しすれば、毒の残りが見つかるでしょう。そうなったら、もう言い逃れできませんよ」

瑛伯の目が大きく見開かれた。やはりパリトキシンの使い残しは、処分されていなかったのだ。その表情を見た伝三郎が、瑛伯を見据えて低い声で言った。

「なあ先生。もう観念しちゃどうだい。どうしたって、逃げようはねえぜ」

それを聞いた瑛伯は、一瞬、硬直したように見えた。が、次の瞬間、がっくりと肩を落とし、俯いた。落ちた、とおゆうは思った。

「瑛伯先生、初めは貧しい人たちを蘭学の力で病や怪我から救う、という志をお立てだったかもしれません。でも、そのためにお金が要るからと言って、殺しに手を染めてしまっては、せっかくのお志ももはや泥まみれです。自らの手で全部台無しにするなんて、お考えが足りませんでしたね」

瑛伯は顔を上げなかった。ただ、絞り出すような声で言った。

「金だけなんて……」

それを耳にしておゆうは、おや、と思った。金だけのためではない、と言いたいのか。それでは、何だと……。はっとした。もしや……。

「瑛伯先生、あなたまさか、まだ誰も調べていない毒を自らの手で試してみたかった、と言うんじゃないでしょうね」

瑛伯は、ぎくっとしたようにおゆうを見た。そうだ、という言葉はない。が、目が語っていた。蘭学者として名を成したいという欲。研究者としての性（さが）。金よりもそんなことに突き動かされ、唯々諾々と殺しに手を染めたというのか。

「瑛伯先生、あんたって人は」

どうしようもなく怒りを覚えたおゆうは、瑛伯ににじり寄ろうとした。それを伝三郎が手で抑えた。やめろ、という声が耳元で響き、おゆうは動きを止めた。

伝三郎が後ろを向き、「いいぞ」と声をかけた。さっと襖が開き、境田左門と源七が、十手を構えて入ってきた。境田が伝三郎の肩を叩く。

「おい、いいのか」

「ああ。お前の手柄だ」

伝三郎は境田の顔を見上げ、ニヤリとした。

「何しろ俺は、謹慎中だからな」

境田は、わかったともう一度肩を叩き、瑛伯の前に膝を突いた。

「医師里井瑛伯。旗本河村右馬介、平戸屋市左衛門、玄海屋作右衛門、朝倉屋元蔵を殺害せんと毒を用いし疑いにより召し捕る。神妙にいたせ」

口上が終わると、源七が瑛伯の後ろに回り、縄をかけた。瑛伯は一切、抗(あらが)わなかった。

「いやァまったく、おゆうさんの睨んだ通りだったぜ。瑛伯のところを家捜ししたら、戸棚の奥に隠してあった毒が出てきたんだ。ま、最初は目当てのもんかどうかわからなかったんだが、大槻玄沢ってぇあの大先生に奉行所から頼んで調べてもらったら、毒に間違いねえとさ」

「さかゑ」の板敷きに座った源七は、徳利を傾けながら上機嫌で喋りまくっていた。

「おゆうさん、どうしてあいつが毒を捨ててねえってわかったんだい」

源七が問うのに、おゆうは照れ笑いで答えた。

「絶対ある、とまでは言い切れなかったですけどね。でもそれまで知られてなかった毒だから、自分でもっと調べようと思って残してるんじゃないかと」

学者としての瑛伯の研究心に賭けたつもりだったが、動機がわかってみれば、当然のことだったのだ。

「へえ、さすがだねえ」

新しい徳利を運んできたお栄が、目を丸くした。

「お前さんも、たまにはそのぐらい頭を働かせてごらんな」

「ちぇっ、俺だって足を棒にして働いてんだぞ。亭主を馬鹿にするんじゃねえ」

源七はお栄の盆を指して文句を言った。

「なんでえ、二本きりかよ。大きな殺しが片付いたってのに、けちけちするな」

「何言ってんだい。まだお天道様は頭の上なんだよ。今から酔っ払って寝る気かい」

それを聞いて、脇で昼飯を食っていた藤吉と千太が笑い、源七に睨まれて慌てて目を逸らした。

「それにしても、いい先生だったそうなのに、残念だねえ。診てもらってた人は、どうするんだろう」

盆を置いたお栄が、嘆息した。

「本当に、どこで間違っちゃったんでしょうねえ」

おゆうにも、忸怩(じくじ)たるものがあった。もとはと言えば、薩摩藩の放漫財政のせいなのだ。瑛伯はそれに巻き込まれてしまった。もしこんなことがなければ、蘭学者として大成し、日本史に名を残したかもしれないのに。

島津重豪の蘭学趣味自体は、悪いことではない。その薫陶を受けた曾孫の島津斉彬は、西洋の技術を盛んに導入し、日本の近代化の礎を作った。だが、蘭学のために藩財政を傾けるとは、本末転倒である。重豪にはそのバランスを取るという発想がなく、財政破綻を引き起こした。結果、それを何とかしようとした者たちが、才能ある蘭学者の芽を摘んだ。殺しだけでなくそのことも、薩摩の犯した大罪だとおゆうは思っている。

「瑛伯さんに診てもらってた人は、大槻先生が伝手のある蘭方医の先生方へ回してくれるそうです。事情が事情なんで、お代の方もできれば前のままでって頼んでくれるとか」

「だったらいいんだけど」

お栄は少しほっとしたようだった。

「しかし蜻蛉御前ってのは何だったんだ。玄海屋の悪行とか朝倉屋の天罰とかって噂は、消えちまったから良かったが」

源七が首を捻りながら言った。蜻蛉御前のことはやはり読売に書かれたが、懸念していたものではなかった。神様を騙って大店に言いがかりをつけていた蜻蛉御前に、逆に天罰が下ったというような書き方になっていて、斬り殺された蜻蛉御前の煽情的な挿絵が付いていた。それで、玄海屋や朝倉屋の悪い噂は、誰も口にしなくなったようだ。

「あいつやっぱり、くノ一かい」

源七は玄海屋の前で手玉に取られたのが、まだ口惜しいようだ。

「結局よくわかんないままですよ。でも、どこの馬の骨ともわからない女を薩摩がこんな企てに雇うか、っていうと、首を傾げますよね。もしかしたらもともと薩摩の忍びで、何かあって追放され、食うために変な商売をやっていたところを、薩摩が雇い直したんじゃないかって。鵜飼様と境田様はそうお考えです。市来とは、男と女の仲だったんでしょう。結局、いいように使われるだけ使われて、あんなことになっちゃいましたけど」

蛸蛉御前の素性についての証しは、何も出なかった。使い捨てにされるだけで、闇から闇へ消えていく運命だったのだろう。あの容姿だから、他に生きる術はあったのに、とも思う。だが出自によっては、遊女ぐらいしかなれなかったかもしれない。その方が幸福だったかどうかは、おゆうにはわからない。

「ところで、その市来とかいうお侍はどうなったのさ。薩摩の御屋敷に返しちまうのかい」

お栄が、けしからんという風に聞いた。奉行所が許しても私が許さない、という勢いだ。

「境田の旦那が言うには、そうなるだろうってことだ。けど、毒殺を仕組んだとして切腹になるのは間違いねえだろうな」

源七が、盃を呷って言った。

「市来の奴、石段を転がり落ちるときに、自分の刀で足の筋を切っちまったらしい。どのみち二度と剣術はできねえや」

へえ、そうなのと言ってから、お栄はおゆうに目をやった。

「雷が落ちたみたいな話を聞いたけど、おゆうさんは大丈夫だったの」

「ええ、あいつ勝手にそんなことを言ってるようですけど、私の前に落ちたわけじゃないし」

曖昧に誤魔化しておくと、源七が悟ったように独りで頷いた。

「まあそれもこれも、天罰てきめんってわけだ」

「天罰か。そうですよね」

下したのは、自分と宇田川だ。天に代わって、お仕置きよ。有名アニメの決め台詞に似たフレーズが浮かび、おゆうは思わず含み笑いした。

次の日、思いがけない来客があった。

「ご免下さい。おゆう親分さん、おられますか」

声に覚えがある。おゆうは急いで表口に出て、客を迎えた。

「まあ、大槻先生。狭い所ですが、どうぞお上がり下さい」

「では、お邪魔いたします」

大槻玄沢は一礼して、畳に上がった。

「今度のことでは、瑛伯があのような仕儀に及びまして。親分さん方にも、ご厄介をおかけいたしました」

玄沢が深々と頭を下げたので、おゆうは驚き、恐縮した。

「そんな。大槻先生がお詫びになることでは」

「いやいや、一度は弟子として教えた者です。今でも形の上では門下です。師たる者として、私も今度の件には関わっていながら、見抜けなかった。それについては、申し訳なく思っております」

「はあ……恐れ入ります」

おゆうは正座したまま、もじもじした。教科書に載るレベルの人物にこんな丁重な態度を取られると、却って居心地が悪い。

「瑛伯の罪を見抜いたのは、おゆう親分さんだそうですな。いや、お見事です」

「いえ、そのような大した話ではございません。全ては八丁堀の鵜飼様と……」

宇田川の、と言いかけ、玄沢に素性を追及されては大変と口籠る。

「なァに、ご謙遜でしょう。お腕前についての巷（ちまた）の評判は、耳にいたしました」

それはどうも、と引きつり気味の笑みを浮かべると、玄沢は持参した風呂敷包みをおゆうの前に差し出し、風呂敷を解（ほど）いた。

「御迷惑かもしれませんが、御礼と御詫びを兼ねまして、このようなものを」

えっと思って目の前の品を見る。それは、一冊の分厚い本だった。

「先生、これは……」

「はい、重訂解体新書、と申します。杉田玄白先生らの解体新書はご存じかと思いますが」

「はい、存じております」

「あれは阿蘭陀語で書かれた医学書を訳したもので、出されたのはもう五十年近くも前になります。実は、後で見ますと訳の誤りなどがいろいろございましてな。それで三十年ほど前に私が玄白先生から、それらを正して改訂するよう仰せつかりました」

「ああ……重訂とありますのは、そういうことですね」

「はい。改訂はとうに済んでおりますが、版元から刷って出しますのは、まだ何年か先になりそうです。これは、試し刷りと申しますか、先んじて取り敢えず本にしてみましたもので。私の周りの何人かには、既に差し上げています」

「あの、これを私に？」

「はい。腑分けのときのご様子からして、蘭学には大変ご興味がおありとお見受けしました。こう申しては何ですが、医術や学問を生業となされない女の方に興味を持っていただけるのは、蘭学を為す者として、大変に嬉しく思います。それで、よろしければとお持ちした次第で」

「まあ、本当に頂戴できるのですか。ありがとうございます。大切に読ませていただきます」

おゆうは本に手を添えた。そっと持ち上げて見る。手が震えそうになった。歴史上も学術上も重要な著作の、試製版。しかも、著者直々のプレゼント。奥付にあたる頁を開いてみる。玄沢の署名が、ちゃんとしてあった。これ、どれくらいの価値があるんだろう。

「お気に入っていただけましたか。お納め下されば幸いです。では、私はこれにて」

おゆうが喜んだのに安堵したらしく、挨拶を済ませた玄沢は、すぐに引き上げて行った。

その晩、東京に戻った優佳は、宇田川に電話で知らせた。

「大槻玄沢から、なんと解体新書よ。著者サイン入りよ」

「解体新書？　それって杉田なんとかが作ったんじゃないのか」

「だからその改訂版だって。玄沢さんは、杉田玄白の弟子なのよ」

「ふーん」

興奮気味の優佳に、宇田川は冷めた声を返した。

「で、どうすんだそれ」

「どうすんだって、ちゃんと読んで、大事に保管するに決まってるじゃない」

いくら貴重だと力説しても、宇田川には伝わらないようだ。

「それ、ばらして分析していいか」

「冗談じゃない！　そんなこと言うなら、指一本触れさせないからね」

慌てて怒鳴る優佳に、宇田川は「そんなら、いいや」とあっさり言った。

「要らなくなったら、もらう」

要らなくなんて、なるはずないでしょ。優佳は呆れて通話を切った。あの分析オタク、興味のないことには徹底して冷淡なんだから。

優佳は改めて、本を手に取った。本当なら、手袋でもすべきかもしれない。だが、これは私の本だ。おゆうの解体新書。優佳は愛おしげに、指で表紙を撫でた。

＊　＊　＊

「まったく、度々世話を焼かせてくれるな」

神妙に平伏する伝三郎を前にして、戸山が言った。が、伝三郎がほっとしたことに、その口調は叱責と言うより、揶揄に近かった。そっと目を上に向けて窺うと、戸山の顔には苦笑が浮かんでいた。

「しかしまあ、薩摩が絡む一連の毒殺は解き明かされた。これについては、御奉行は安堵されておる」

「は……恐れ入ります」

伝三郎は慎重に言ったが、ほとんどはおゆうの手柄だよな、と腹の内で舌を出している。

「して、薩摩は如何相成りましょうか」

「それはお前が気にすることではない」

戸山は渋い表情になって窘めた。それでも、小声で付け足す。

「島津上総介様は上様の岳父。如何ともし難いことは承知しておろうが」

「は、いかにも」

残念だが、そう言われては仕方がない。だが戸山は、訳知り顔になって小声で続けた。

「正直なところ、上総介様が何らかの指図をしたとは思えぬ。もともと上総介様は、こう申しては何だが、自身が幕閣に威を振るい、政（まつりごと）を動かさんとお考えのお方じゃ。幕府の意向に真っ向から逆らい、長崎での薩摩の交易を強引に拡充しようとするのは、理に合わぬ。恐らくは近習どもが、上総介様の蘭学嗜好（しこう）を守りつつ、逼迫（ひっぱく）する台所を何とかしようと、勝手に画策したのであろう」

ほう、と伝三郎は眉を上げた。戸山も黙って傍観せず、状況を見極めていたようだ。

「いずれにせよ、ここだけの話だ」

「無論、承知しております」

伝三郎の言葉に頷きを返すと、戸山は咳払いしてから、襟を正すように告げた。

「鵜飼伝三郎、本日をもって謹慎を解く」

「ははっ」

伝三郎は戸山が預かっていた十手を恭しく受け取ると、改めて平伏した。

「身を慎み、なお一層励め」

戸山は堅苦しい台詞の後で、ふっと嘆息した。

「それにしても、あのおゆうという女、腑分けとは呆れたものだ。何を言い出すか、わかったものではない。危なくてかなわん」

「は、その、誠に」

冷や汗が出そうになり、おとなしく同意した。が、戸山はニヤリとすると、続けて言った。

「だから、面白い」

伝三郎は、えっと顔を上げ、戸山の顔を見た。そして、つい釣り込まれ、一緒に笑った。

十手を差して奉行所を出た伝三郎は、数寄屋橋（すきやばし）御門を抜けると、そのまま御濠を渡って、銀座の方に向かった。もう本格的な夏で、強い日差しが頭の上から降ってくる。堀端の木から、微かに蟬（せみ）の声が聞こえた。

（やれやれ、戸山様の台詞じゃねえが、おゆうの奴め、腑分けを言い出すとはなあ）

おかげで面倒なことになったが、伝三郎自身もそれに乗ったのだ。揚句に大槻玄沢のような大物まで出て来たのには、恐れ入った。

（あの、宇田川って奴の差し金だったんだよな）

伝三郎は、ちょっと口元を歪める。あれはまさに、司法解剖を意図したものだった。江戸ではまだない概念だ。

（解剖が思い通りにできていたら、その場で毒物がわかったんだろうか）

伝三郎は、ここへ飛ばされてくる前の自分の世界、即ち昭和二十年に思いを馳せてみる。刑事事件に詳しかったわけではないが、大学の法医学教室で司法解剖が行われていたことぐらいは知っている。たぶん、解剖が始まったのは明治だろう。それを考えれば、宇田川とおゆうが司法解剖を言い出したのは、明らかに未来人の発想だ。死因を特定できる自信があったわけだ。

（そう言えばあの毒、琉球からのものらしいって以外、何だかわからねえままだったな）

おゆうたちは、毒の正体を割り出しているに違いない。朝倉屋が生き延びたのは、解毒剤を使ったからかもしれない。だがそれについておゆうに聞いても、答えはしないだろう。

（それにあの雷だ）

伝三郎は、市来が唯一漏らした悔恨を思い出した。妙な雷、と奴は言った。あれは何だったのか。深く考えるまでもない、と伝三郎は薄笑いする。去年、麻布近くの荒れ寺で起きたこととほぼ同じだ。おゆうたちが、何か手榴弾のようなものを使ったのだ。真っ暗な中でそんなものを浴びれば、いかに手練れの侍でも対処できないだろう。市来がその後のことを喋ろうとしないのは、女に負けた恥だけではなく、自分でも何が起きたのか説明がつけられないからではないか。

(手強い下手人を捕らえられたのはいいが、好き勝手をやってくれるぜ)

頭に宇田川の顔が浮かび、伝三郎は苦い顔になった。

(周善院で釘を刺したら、突っかかってきやがった。厄介な奴だ)

おゆうに対してどういう立場なのかはよくわからないが、惚れているのは間違いあるまい。おゆうがそれに対してどう思っているかはともかく、俺にとっては敵役ってことになる。

(手榴弾だか何だか、そういう武器を使えばおゆうを守れると思っていやがるのか)

だったら、思い上がるなと言いたい。江戸には、公方様から始まって百万もの人間が住んでいるのだ。そんな単純に何でも片付けられる場所じゃない。

(いつかあの野郎とは、喧嘩しなくちゃならなくなるかもしれねえな)

そう思ってから、また苦笑した。まったくおゆうめ、罪な女だぜ。

(それにしても宇田川先生、何をしに来てるんだ)

千住に住んでいないことは、とうに確認済みだ。こっちに住まいを持っていないなら、時々おゆうの手伝いに来ているだけかもしれない。それとも、やはり何か思惑があるのか。

(まさか、歴史をいじろうってんじゃねえだろうな)

そう考えて、ぞくっとした。ないとは言えない。未来で起きる災厄を回避するためだろうか。伝三郎はふと足を止めた。自分も命を落とすはずだった、あの馬鹿げた戦争。もしかして、あいつらならそれを止められる？　ガダルカナルも、東京大空襲も、広島もなかったことにできる……。

馬鹿な、と伝三郎は頭を振った。そう簡単に歴史が変わってたまるものか。そもそも、あいつらに何ができるだろう。妙な雷一つ落としたくらいで、この国の歴史に影響を与えるなど、あり得ないではないか。

伝三郎は首を振り、ひとまず宇田川のことを頭から追い出すと、しばらくぶりの見回りのため、日本橋通りに足を向けた。見上げれば綺麗な青空で、入道雲も見えない。少なくとも今日、雷はなさそうだ。

四十三年後　京都

外が激しく光ったと思ったら、どーんと腹に響くような音がした。それまで泰然と座っていた桂小五郎（かつらこごろう）は、ぎょっとして全身を強張らせた。砲撃か、と一瞬、思ったのだ。

「雷です。心配いりもはん」

向き合って座る薩摩藩家老、小松帯刀（こまつたてわき）は、安堵させるように微笑んで見せた。桂は、決まり悪くなって座り直した。

「この真冬に、雷ですか」

「冬雷ですな。越前、加賀あたりではよくあるそうですが、この京では珍しか」

ほう、と桂は感心したように、閉じた障子の方へ目をやった。

「そんな珍しいものが落ちるとは、吉兆か凶兆か」

呟くように言ったのを聞きつけた小松は、きっぱりと返した。

「無論、吉兆です」

強い言い方に、桂は眉を上げた。

「何か謂（いわ）れでも？」

問われた小松は、ちょっと考える風であったが、やがて口を開いた。

「鹿児島に、東郷平左衛門という者がおりもしてな。もう七十をだいぶ超えた年寄りだが」

桂は、何の話だというように眉根を寄せた。小松は、気にせず続けた。

「この者、長く江戸屋敷に詰めちょったが、ちいっと変わったことを言うちょりもした。今から四十年ほど前、薩摩は雷に救われた、と」

「雷に救われた？」

桂は、呆気にとられた。

「どういうことです」

「その頃、我が島津家は、台所が火の車でしてな。その理由の一つが、蘭学好きだった上総介様の濫費でごわす」

桂は、御家の恥になるようなことを平気で言う小松に、目を瞬いた。もっとも、その事実は桂も知っている。

「あるとき、近習の者が、上総介様をお守りしつつこれを何とかしようと、江戸で勝手なことを企んだ。死人も出もした。放っておけば、さらに罪を重ぬいとこでした」

「何と、そのようなことが」

桂は目を見張った。小松は渋い顔になる。

「お恥ねし話です。だが、そよ企んだ男は、雷に打たれた。そん場で死にはせんかったが、昏倒し、役人に捕らわれ、屋敷に引き取った後、切腹となりもした。東郷は江戸において、その経緯をつぶさに目にしちょりもした」

「ほう……つまり、雷のおかげでその男の企みは、潰えたと」

桂が驚いて聞くと、小松は、そうですと頷いた。

「しかしそれは、御家にとって不都合では」

いやいや、と小松はかぶりを振る。

「そんままであれば、いかに上総介様のお力があろうといずれただでは済まぬ。何より、当家は膨らみ続くい借財に押し潰され、行き詰まっちょったことじゃんそ」

桂は首を傾げた。

「では、それが転機に？」

「左様。こんことがあって、さすがに上総介様もお考えを改められ、調所笑左衛門を登用して改革をなされた。そん結果、当家は救われた、ちゅうことです」

なるほど、と桂は得心した。家老の調所広郷が行った改革については、桂も知っている。長州でも台所が苦しかったのは同じで、村田清風の改革により窮地を脱しているため、事情は良くわかった。

「雷によって薩摩は救われた。それで、大事の節目での雷は、吉兆であると」

いかにも、と小松は応じた。一方、得心はしたものの、桂は内心、眉唾な話だと思った。たまたま落ちた雷で御家が救われたとは、あまりにお伽噺めいている。

「去年の六月、西郷が下関を素通りしたこつですが」

「ああ、それは」

桂は少しばかり苦い顔をした。坂本龍馬の斡旋で下関で薩長の会談が持たれるはずが、出席すべき西郷吉之助が下関を素通りして京へ向かい、桂たち長州はすっぽかされたのである。長州征伐の危機に晒され、立場が弱いはずの長州が高飛車なのを西郷が嫌った、とのことだが、長州にも藩内をまとめるため弱腰を出せない立場があったのだ。

「西郷が京へ来たとき、藩邸に雷が落ちもした。西郷の狭量を窘めるかのような」

「それは初耳ですな」

本当だろうか、と桂は訝った。西郷が態度を改めた理由が雷だとは、いささか出来過ぎた話に聞こえる。

「で、先ほどの雷は、此度のことを後押しするもの、ちゅうことになりますか」

桂が水を向けると、小松は笑みを浮かべた。

「こん内密の会の席で、あのよな雷があったのは、まさにそげな天の思し召しじゃんそ」

ふむ、と桂は考え、真っ直ぐ小松を見た。どうも、腹が読みにくい。さっきの雷は偶然に違いないが、小松はそれを利用する気で、四十年前のことを持ち出したのか。それとも、実際にこの四十年の間に薩摩にとって大事な時には、為すべきことを示すように雷が落ち、小松はそれを神託と信じているのか。

そうか、と桂は内心で膝を打った。小松は、迷いを雷に縋って払拭しようとしているのだ。薩摩の他の者たちにとっても同様だ。雷のご託宣というような一見馬鹿馬鹿しいものでも、自らを納得させられるなら、充分な後押しになる。であれば、雷が本当かどうかなど、どうでもいい話だ。桂としては、ただこれに乗っかるだけだ。

「雷神様のお助け、というわけですな。よくわかりました」

桂が頭を下げると、小松は安堵したように頷いた。

「では、二十一日に。坂本龍馬が立ち会います」

承知です、と桂が応じる。

「西郷さんと大久保さんは、来られるんですな」

「両名とも、参ります。そちらは」

「私と、その他に品川弥二郎、三好軍太郎」

小松は、了解の頷きを返した。

「改めて申しますが、本日の下打ち合わせについては、全くの内密に。記録も残されぬよう」

「心得ております。このような会合は、なかったと。私は全く別の場所にいたことになっています」

桂はニヤリとすると、では後日、と言って席を立った。

小松に見送られ、桂は外に出た。この庵は、近衛家の好意で内密の会合のため、提供されたものだ。この会合が所司代や新選組に知れたら、一騒動である。念のため桂は、長州藩のごく近しい者だけにしか、今日のことを告げていなかった。

門前の物陰で待っていた護衛が、桂の姿を見て両脇についた。桂は無言で進む。いろいろあったが、二十一日に小松の屋敷で行われる集まりをもって、薩長同盟が正式に成立する。これで幕府の二度目の長州征伐は、頓挫するはずだ。その後きっと、日本国は大きなうねりに呑まれていくだろう。雷のおかげで。

そう考えて桂は、含み笑いした。雷のおかげとは、何とも奇妙ではないか。だが、それはそれで面白い。

そこへ寒風が吹き、桂はぶるっと身を震わせた。雲の垂れこめた空を見上げる。じきに、雪が舞うだろう。やがて足を速めた三人の姿は、夕暮れが迫る京の町に消えて行った。

本書は書き下ろしです。

この物語はフィクションです。作中に同一の名称があった場合でも、実在する人物・団体等とは一切関係ありません。

宝島社
文庫

大江戸科学捜査　八丁堀のおゆう
司法解剖には解体新書を
（おおえどかがくそうさ　はっちょうぼりのおゆう　しほうかいぼうにはかいたいしんしょを）

2022年11月19日　第1刷発行

著　者　山本巧次
発行人　蓮見清一
発行所　株式会社 宝島社
〒102-8388　東京都千代田区一番町25番地
電話：営業 03(3234)4621／編集 03(3239)0599
https://tkj.jp
印刷・製本　中央精版印刷株式会社

ISBN 978-4-299-03536-3

『このミステリーがすごい!』大賞 シリーズ

宝島社文庫

大江戸科学捜査 八丁堀のおゆう 両国橋の御落胤

山本巧次

江戸と現代を行き来する元ＯＬの関口優佳、通称おゆうは、小間物問屋の主人から相談を受ける。息子の出生に関して、産婆のおこうから強請りまがいの手紙が届いたらしい。一方、同心の伝三郎も、さる大名の御落胤について調べる中でおこうを探していた。だが、おこうは死体となって発見され――。

定価 ７０４円（税込）

※『このミステリーがすごい!』大賞は、宝島社の主催する文学賞です（登録第4300532号）

『このミステリーがすごい！』大賞 シリーズ

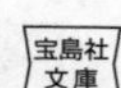

大江戸科学捜査 八丁堀のおゆう
ドローン江戸を翔ぶ

山本巧次

連続する蔵破りに翻弄される奉行所の伝三郎を助けるため、江戸と現代で二重生活を送るおゆうこと関口優佳は、いつもどおり友人の宇田川に科学分析を依頼。しかし、なぜか彼も江戸について来て捜査を行うことに……。事件の背景には幕府を揺るがす大奥最大のスキャンダルが⁉